문학과지성 시인선 532

어떤 사랑도
기록하지 말기를

이영주 시집

문학과지성사

문학과지성사에서 펴낸 이영주의 시집

차가운 사탕들(2014)

문학과지성 시인선 532
어떤 사랑도 기록하지 말기를

초판 1쇄 발행 2019년 9월 25일
초판 11쇄 발행 2023년 12월 1일

지 은 이 이영주
펴 낸 이 이광호
주   간 이근혜
편   집 김필균 이민희 조은혜 박선우
펴 낸 곳 ㈜문학과지성사
등록번호 제1993-000098호
주   소 04034 서울 마포구 잔다리로7길 18(서교동 377-20)
전   화 02)338-7224
팩   스 02)323-4180(편집) 02)338-7221(영업)
전자우편 moonji@moonji.com
홈페이지 www.moonji.com

ⓒ 이영주, 2019. Printed in Seoul, Korea

ISBN 978-89-320-3576-5 03810

이 책은 '2018년 한국문화예술위원회 아르코창작기금'을 지원받아 발간되었습니다.

이 도서의 국립중앙도서관 출판예정도서목록(CIP)은 서지정보유통지원시스템 홈페이지
(http://seoji.nl.go.kr)와 국가자료공동목록시스템(http://www.nl.go.kr/kolisnet)에서
이용하실 수 있습니다. (CIP제어번호: 2019036478)

문학과지성 시인선 532

어떤 사랑도 기록하지 말기를

이영주

시인의 말

우리가 아름다움으로 기우는 것은
약하고 슬프기
때문일까

2019년 가을
이영주

어떤 사랑도 기록하지 말기를

차례

시인의 말

1부

십대

불과 물. 우리는 서로를 불태우며 물속으로 밀어 넣었
다. 우리는 망해가는 나라니까. 악천후의 지표니까. 우리
는 나뭇가지를 쌓아놓고 불을 붙였고, 오줌을 쌌고, 자주
울었고, 나무들이 그 모습을 지켜보곤 했다.

첫사랑

나는 견갑골이 날개 뼈가 되는 이야기에 중독되었지.
천사 병에 중독되었지. 나는 매일 그 이야기만 썼어. 이렇
게 춥고 얼어서. 벽을 건너 다른 곳에서 걸을 때마다 부
서지는 소리에 중독되었지. 날지도 못하면서 어깨는 왜
새와 비슷하게 생긴 것일까. 나는 단추를 풀며 숨을 죽인
다. 옷은 영혼의 집. 뼈와 뼈가 웅성대는 집. 아무리 멀리
가도 볼 수 있다. 옷처럼 날개를 입고 있으면. 이 금을 넘
어가도 볼 수 있다. 침대에 앉아 우리는 서로의 어깨만
만졌는데. 너무 무서워서 더듬기만 했는데. 너를 건너 다
른 곳에서 걸었지. 너의 중력에 내가 부서지는 소리. 추
운데도 옷을 벗고. 우리는 서로의 어깨에 중독되었지. 날
아가는 이야기에 빠져들까 봐 옷을 벗고. 이제 쓰는 것은
그만해. 너는 펜을 버린다. 이렇게 벗고 있으면 영혼을 버
린 것 같아 기분이 좋다. 너의 중력에 내가 뭉개지는 소
리. 발밑에서 뼈와 뼈가 녹아내리는 소리. 팔에 돋은 털이
너무 없어서 창피해. 긴 털을 가진 자를 떠올린다. 입김이
서리는 안경을 벗고. 이 얼굴을 넘어가도 볼 수 있다. 입
술을 맞대고 깨물면 부정하게 물드는 것 같아. 영혼을 벗
고 비릿한 냄새를 맡자. 원래 이 이야기의 끝은 냄새 아

니니? 그래. 견갑골이 부정하게 흘러내리는 순간. 어떤 구멍에는 악취가 있다. 우리는 우리를 벗고 침대에서 꼭 껴안고 있다. 이제 날 수가 있어. 생각만 해도 아름답지? 너는 내 입김에 부서진다. 하수구에서 물이 좔좔 흘러가는 소리.

방화범

우리가 깊어져서 검게 타들어갈 수 있다면 지금 불을 붙일까? 그녀는 뜨거운 이마를 내 심장에 대고 있습니다. 이것 봐, 너무 깊은 소리가 들리니까 자꾸만 무너져 내려. 나는 양초를 손에 꼭 쥐고 있고요. 언제쯤 밤의 회오리가 끝이 날까요. 불을 붙이면 자꾸만 꺼져버리는 이상기후 속에 나는 버려져 있습니다. 이렇게 숨이 안으로 안으로 더 깊이 들어가는데 꺼지기 전에 붙일까? 흰 눈이 오기 전에. 그녀는 이미 녹아내리는 손을 뻗어 내 심장 안을 만져봅니다. 이 안에는 뭐가 이렇게 축축한 것들이 잔뜩 있을까. 그녀는 액체처럼 말을 합니다. 흘러내리는 감각. 촛농이 흘러내리는 이것은 불인가요 물인가요. 그녀가 나의 안을 헤집으며 흘리고 있는 물질은. 한밤에 빛나고 있는 이 물질은. 창 안으로 함박눈이 쏟아집니다. 무겁고 무서운 것들이 바닥으로 계속해서 떨어집니다. 우리가 눈 속에서 나갈 수 있다면 이 파티는 시작될 수 있을까요. 깊이를 벗어나 좀더 가볍게 신발을 벗고 옷을 벗고 뭉개진 자신을 벗고 가장 작은 입자로 둥둥 떠다닌다면요. 그녀의 물질이 스며들 때마다 나는 어지러운 백발이 생겨납니다. 나는 양초를 사 모으고요. 불을 붙이려

고요. 두 손을 모읍니다. 회오리 속에 남아 계속해서 버려
집니다.

숲의 축구

숲에 가득한 건 비밀들. 아이들이 축구를 한다. 신발이 없어 울고 있으니, 발이 없는 자가 다가왔다는 페르시아 속담.

아이들은 양탄자를 짜고 축구를 한다. 실패를 둘둘 말아서 너의 발이 멀리 날아가도록 힘껏 찰게. 붉은 실이 포물선을 그리며 날아간다.

비밀은 잎에서 잎으로 건네진다. 아이들이 발을 찬대. 공은 흐르고, 공보다 아름다운 맨발이 흐른대.

예전에는 슬픔을 돌보았대. 눈물이 영웅이 되는 시간. 이 숲에 와서 잎사귀가 자라도록 울고 아이들은 강을 건너간다.

경기가 끝나자 무성한 나무들이 여름을 떠나간다. 오래된 나무 집 그늘 안으로 남은 빛이 모여든다. 이 세계에는 오로지 한 계절뿐인데, 양탄자를 짜느라 계절을 넘어가고 있다.

14

아이들의 기후는 양탄자에 모여 있다. 비밀인데, 아이들은 그렇게 늙어가고 있대. 흰 눈이 내리고. 멀리 날아갔던 발들이 모여 있대.

기념일

사라진 나를 찾고 있던 시간. 물줄기처럼 기후가 흘러
간다. 아무도 머물지 않고, 나도 있지 않다. 만질 수 있고
만져지지 않는 물질. 따뜻한 그릇 안의 곰팡이. 투명한 구
름에서 떨어지는 입자를 잡는 긴 팔 같은 것. 기후는 틈
으로 움직인다. 어디에도 없는 나는 길어지는 팔. 나를 안
고 나를 밀어내느라 팔은 점점 더 가늘어진다. 한겨울 폴
란드에 있다. 폴란드 그릇 안에서 번식하고 있다. 불행하
게 죽은 영혼은 모든 기억을 씻어버리는 물을 마시고 깨
끗해진다는데, 나는 그릇을 엎질렀어! 시큼한 냄새가 사
방으로 퍼진다. 벽 틈에서 벌레들이 기어 나오고 있다. 우
리의 표현은 어떻게 만나서 서로를 기억할 수 있을까. 나
는 모두가 잠든 폴란드 벽에 묻혀 있다. 내가 벽 사이로
흘러나와 다정하게 다가가면 어두운 영혼은 어색하게 돌
아선다. 슬픔을 숨기려고 검어지는 중이었다. 높은 고원
에 지어진 벽돌집으로 올라가는 중이었다. 일생을 바쳐
죽음의 관 하나 만드는 부족에게 흘러간다. 나무 테라스
에 앉은 따뜻한 시간이 있다. 미끄러져버린 울음을 찾는
나는 어디에 있을까. 기억은 삶의 것이 아니래. 기후는 슬
픔의 풍습으로 움직인다. 술병이 굴러다니고 있다. 아름

16

답고 쓸쓸한 나라 깨진 그릇처럼 나는 폴란드 상점에 있다. 어디에도 없는 나는 지렁이처럼 팔만 꿈틀거리고 있다. 저 영혼에게 기어서 다가가고 있다. 물을 마시고 깨끗해지려는 영혼이 나를 보고 더욱 시커멓게 젖고 있다. 오로지 한 가지 기후만 움직이고 있다. 나는 폴란드 숲 거대한 돌 뒤에 있다. 흰쥐, 흰토끼, 흰 개……

교회에서

우리가 등밖에 없는 존재라면 온 존재를 쓸어볼 수 있다
우리는 왜 등을 쓸어내리면서 영혼의 앞 같은 것을 상상할까

등을 만지면 불씨가 모여 있는 것처럼 따뜻하다고 생각했어

너는 의자에 앉아 있다
구부린 채 도형의 마음을 헤아리고 있다

형식으로는 이해가 가지 않는 일들 때문에
등은 점점 더 깊어진다

이렇게 하면 붉은 동그라미밖에 남질 않는데
그렇다면 마음의 형식이라는 것이

네 등에 얼굴을 묻으면서 불처럼 타오르고
무너지는 네 안으로 들어가

흩어지는 영혼 앞부분으로 번져가는데

우리는 서로를 모르고
알 수가 없어서 함께 불탄 것이겠지

누군가가 내 등에 기름을 흘린다
몸을 구부리고 눈물을 흘리면 오래 묵은 기름 냄새가
난다
어른은 죽는다는 것이다
죽지 않으면 어른이 될 수 없겠지
이런 기도문을 쓰고

엎드린 채 기도를 하고 있는 등을 보면 쓸어주고 싶다
이미 불타오르고 있으니 마음을 바치지 않아도 된다고

추운 사람들이 모여 있다
서로를 모르지만 뒤를 보고 있다

여름에는

내가 아는 밑바닥이 있다. 물이 가득하지. 나는 한 번씩 떨어진다. 물에 젖어 못 쓰게 되는 노트. 집에는 빈 노트가 너무 많다. 버릴 수가 없네. 밑바닥이 들어 있다. 자꾸만 가라앉지. 어디도 내 집은 아니지만. 첨벙거리며 잔다. 베개가 둥둥 떠내려간다. 괜찮아. 어차피 바닥이라 다시 돌아와. 그가 이마를 쓰다듬어준다. 그는 손이 없고 나는 머리가 없지만 침대는 둘이 누우면 꽉 찬다. 투명해질수록 무거워지는 침대. 빈 노트. 빽빽하게 무엇이든 쓰자. 아무에게도 보여주지 않는다. 무너지는 창문 밑에서 나는 썼다. 늘 물에 젖었다. 알아볼 수 없어서 너무 행복하구나, 혼자 중얼거렸다. 한 번씩 떨어져서 내부로 들어가본다. 여럿이 함께 잠들면 더 고요하고 적막해서 무서웠지. 그 사이로 물결 소리가 난다. 죽은 그가 아직도 책상에 엎드려 있다. 너는 모든 것을 쓰기로 했어. 나에게 보낸 편지처럼. 모든 것을 낱낱이 쓰기로 했지. 하지만 아무리 써도 채워지지 않는 물속. 아무리 쌓아도 그것은 언제나 사라진다. 한심한 놈. 죽은 그가 중얼거리며 나를 본다. 물이 뚝뚝 떨어진다. 떠날 수가 없구나. 나는 너의 신발을 썼다. 무거워서 다시 신을 수가 없는데, 나는 자꾸만 신발장에서 쓴다. 한 번씩 들어오는 내부라니. 비밀은 제대로 씌어지는 법이 없지. 쓸 수 없어서 조금씩 마모되는 것. 죽은 그가 나를 통과해 걸어간다. 부식되어가는 발로 걸어간다. 아무것도 쓰지 못해서 너는 이곳에 도달할 수가 없어. 진창에서 잠만 자는 너는. 그의 목소리가 멀어진다. 나는 그의 신발을 신고 있다. 둥둥 떠내려간다. 밑바닥에는 모든 것이 돌아올 텐데.

개와 나

너는 욕조에 있다. 개의 배를 지그시 누른다. 모두 다 망했으면 좋겠어. 그런 말을 하는 너는 순한 표정. 배탈 난 아이를 보살피듯 개의 뱃가죽을 천천히 문지른다. 망하게 되면 우리 모두 아프기 전에 사라지지. 개는 마지막 숨을 헐떡이고 있다. 그럴까. 모두가 그럴까. 너는 더 천천히 개의 배 속으로 들어간다.

닦아낼수록 더욱 붉어진다. 얼룩이 남았다. 네가 남긴 것인데. 이 뜨거움을 어쩌지. 나는 욕조에 담겨 너처럼 눈을 감아본다. 눈을 감자 한 번도 보지 못한 곳. 모두 망한 건가? 처음부터 끝까지 나는 걸어보지만

이걸 꿈속이라고 해야 하나. 오랜 시간 흰 노트 위에 너는 토했지. 개처럼.

너는 풍경을 벗어난다. 학교 공구실에서 치마가 벗겨지고 홀로 남았는데. 너무 추워서 달리기 시작했는데. 풍경 안쪽에서 불빛이 흘러나온다. 개의 머리를 뒤집어쓰고 너는 달린다. 사람처럼 달린다. 밤의 깊은 웅덩이

를 건너가는 개의 머리들. 그가 공구실로 잡아끌 때 아무도 보지 못했지만, 누군가가 봐주길 바랐지. 이걸 꿈 바깥이라고 해야 하나. 달리다가 사라진 너는 털옷을 입고 있는 사람처럼 돌아와 내게 썼지. 나의 신화는 끝났어. 너무 춥고 슬퍼서 나를 지워버렸지.

　밤의 깊은 난간

　나는 엎드려서 짖는다.
　너의 편지에 침을 뚝뚝 떨어뜨리며.
　죽은 개
　털처럼 보슬보슬하게 만져지는 내 심장은

빈 노트

다 자란 소녀를 입양하는 것은 어떨까. 머리가 부서진 인형이 말을 한다. 검은 레이스가 펄럭거린다. 입을 벌리지 않고 말을 할 수 있다. 글쎄. 팔이 부러진 인형이 팔짱을 끼다 말고 중얼거린다. 찢어진 퍼프소매 사이로 철사 끈이 뻗어 나와 있다. 소녀란 다 자랄 수가 없는데. 자란 것이 없고 자랄 것이 없어서 소녀라고 부르지 않나. 머리가 부서지고 팔이 부러진 인형끼리 말을 한다. 내가 본 소녀들은. 버려진 상자 안에서 심각한 복화술이 이어진다. 그때 우리는 상자 밖에서 온전한 구체를 움직일 수 있었지만. 말을 할 때마다 머리통과 팔뚝에서 플라스틱 조각이 떨어진다. 소녀들은 우리를 입양하면 이름을 붙여주곤 했었지. 기억나지? 이름이란 기억해야 이름인데. 머리가 부서진 인형의 눈썹이 조금씩 떨린다. 젠장. 반밖에 안 남은 머리통으로 뭘 기억하라는 거지. 상자 밖으로 뻗어 나간 철사 끈을 누군가가 밟고 지나간다. 왼쪽으로 굽은 인형의 팔이 너덜너덜하다. 내가 한 팔로 너를 안을 수 있다면. 조금씩 부서지면서 옆으로 갈 수 있다면. 소녀들이 골목에 모여 입술을 움직이지 않고 말을 한다. 울음을 참듯이 배에 힘을 주면 가능하지. 누군가가 기록하지 않으면 알 수 없는 조용한 대화라니. 소녀들은 자라기를 멈출 때마다 이곳에 와서 인형처럼 말을 한다. 서로의 머리통을 만져주고 부러진 팔에 흰 붕대를 감아준다. 그런데 네 이름이 뭐였지. 소녀들이 상자 안을 들여다보고 있다. 산산조각이 난 구체 관절을 붙여본다. 자꾸만 떨어지는구나. 애초부터 우리는 자신을 입양해야만 했어. 태어나면서부터 그럴 기회가 없었지. 거울이 깨진 진열장 앞에서 소녀들은 말이 고인 깊숙한 내부를 들여다본다. 서로를 바라보며 말없이 대화를 한다.

숙련공

기계음이 퍼져나간다.
밤이면 더욱 먼 곳까지.

소년이 있다.
사람이 되려면 조금 더 자라야 하는 괴물이라고
서로의 침과 피를 주고받는
밤의 빛.

폐공장은 문을 닫았지만 그런 것은 상관없지. 어차피
기계는 멈추었고 머리를 뚫고 퍼져나가는 음악은 끝나지
않거든. 소년은 발밑에 엎드린 아픈 개를 보고 있다. 개
는 힘차게 죽은 음악에 따라 떨고 있다. 우린 모두 갈 데
가 없구나. 바퀴처럼 밑에서 굴러가기만 원했는데도. 아
무리 굴러가도 절벽이지만. 그래도 벌벌 떨 수가 있었는
데. 우리는 모두 멈추었구나. 그런 것은 아무래도 상관없
지만

라이터를 켰다 껐다, 밤의 유일한 빛.
소년이

용접은 필요 없어서 가면도 벗어버렸지. 혹시 죽고 싶다면 이야기해. 개가 짖는다. 민얼굴로 웃으며 빛이 나는 밤에는 모든 것이 멈추니까. 폐공장은 부서진 담벼락이 많으니 머물기 좋지. 어둠과 구분되지 않는 창문 안에서 개와 소년이 춤을 추고 있다. 이렇게 굴러가보자. 기계음이 울고, 끝나지 않는다면 조금 더 자랄 수 있을 거야. 검은 머리통을 뚫고 터지는 음악을 따라가보자. 개처럼 절벽에서 굴러떨어진다면

어둠 밖에 어른들이 모여 있다.
어른들은 늘 모여 있고

사람이 되려면 조금 더 죽어야 하는 괴물이라고

소년은 절벽에 홀로 남아 있다.

소년의 기후

  침묵이 자라는 것을 자연스럽게 여기는 일은 여기가
폐허이기 때문일지도 몰라. 모두가 둥둥 떠다니고 있기
때문인지도 몰라. 가만히 서로를 들여다보면 모든 구름
이 물결처럼 흘러가서 차가워지는 기후가 전부라는 것.
체육복을 벗고 물이 뚝뚝 떨어질 때마다 소년은 팔을 비
틀어본다. 물에서 물로 떨어지는 일상은 정말 축축하구
나. 소년은 구름처럼 머리가 부푸는 현장이다. 말없이 언
젠가 터질지 모르지만 소년은 밤마다 언덕에 올라가 하
늘에 가까워지는 법을 생각한다. 잠시 머리를 들고 공중
을 만져보는 것. 아무리 생각해도 슬퍼지는 일들밖에 떠
오르질 않네. 소년은 이 폐허에서,라고 쓴 일기의 첫 구
절을 버리지 못한다. 일기장을 손에 꽉 쥐고 있다. 곤죽
이 되어 빠져나가는 종이들. 아무리 꽉 쥐어도 무늬만 남
겨진다. 그 이후 소년은 말을 잃었다. 뇌에 물이 차서 그
런가. 너무나 많은 이름이 서로를 부르고 있다. 받아 적을
때마다 물에 흐려지니 이제는 무늬조차 남지 않는구나.
소년의 잉크는 투명하게 흘러간다. 쓸 수가 없어. 자꾸
만 무엇인가가 빠져나가네. 침묵 속에서는 흐르는 소리
만 들린다. 뼈가 비친다. 이것도 젖어 있어. 소년은 뼈를

벗고 물이 뚝뚝 떨어지는 언덕 아래를 내려다본다. 비 오기 직전, 매번 구름이 드리워진 불완전한 폐허는 이렇게나 당연하구나. 소년은 한 번도 햇빛 아래 몸을 말린 적이 없다. 천천히 뼈가 흐트러졌지. 이렇게 물속에 있다가는 뼈 전체가 부서지고 말 겁니다. 의사는 폐허의 빛 속으로 걸어 들어가길 권유한다. 어떤 끔찍한 일이 닥쳐도 뼈는 보존할 수 있습니다. 그렇게 햇빛 속에서 자라야 한다는데, 소년은 말이 없다. 자라다 만 자신을 벗는다. 구름이 가득한 공중을 벗는다. 죽기 전에는 영혼에 대해 느낀 적이 없었는데. 소년이 탄 배는 영원히 폐허를 헤치고 나아가지. 뼈를 잃고 소년은 구름처럼 부풀어 일기를 쓴다. 완성할 수 있을까? 자신에 대해 쓰는 것은 정말 비참하구나. 이 폐허는 물로 가득 차 있으니. 물속을 들여다보면 아무것도 없다. 그게 영혼일까. 소년은 이제야 영혼을 벗고 자신의 방으로 돌아간다. 그곳에는 다음 폐허로 흘러갈 구름들이 모여 있다.

은, 멈추지 않는 소년

—오은 시인에게

소년의 그림자가 너무 깊어 나를 덮을 때

이것을 나무라고 불러야 할지

무한으로 뻗어 나가는 알 수 없는 정서라고 불러야
할지

숲은 흔들립니다

내가 눈먼 사람이 되어 잠망경으로 그림자의 바닥을
들여다볼 때

소년이 나무껍질을 파내며 새처럼 목이 길어질 때

어디에서부터 불을 붙일까 무한을 더듬으며

숲이 넓어집니다

소년은 제 안의 계단이 너무 많아

그림자를 하나씩 흘리고 올라갔는데

이것은 구름의 일부분

자꾸만 숲의 안쪽으로 흘러 들어가고 맙니다

내가 보이지 않는 곤충처럼 그의 그림자에 무늬를 짤 때

여름이면 어지럽고 겨울이면 회오리로

자꾸만 슬픔으로 원을 그릴 때

영원히 걸어갈 수 있을 것 같은

소년의 계단은 결벽처럼 희게 물들고

그것이 끝나지 않는 우리의 산책일 때

유리 공장

너는 늙고 어려운 마음. 나는 아무것도 모르지. 너는 유럽식 모자를 쓰고 서 있다. 어두운 굴뚝 위에서 피어오르는 구름처럼.

너는 먼 곳을 걷다가 얼음 속에 갇힌 적이 있다. 깨끗했고 추웠지. 너는 모자를 고쳐 쓰며 말한다. 그때 나이를 잃었나. 부정否定을 잃었나. 끈끈한 어둠도 갇혔지. 죽지 않는 소년이고 싶어서 말이지.

나는 유럽식 찬장에서 너를 보고 있다. 불에 구워졌다가 빠져나온 딱딱한 얼룩처럼. 무력한 곰팡이처럼.

유리 안에 갇힌 나를 보며 너는 웃는다.

뛰어난 유리 제조공이었네. 가까이 다가가지 못하도록 불투명한 유리를 끼워놓은 자. 먼 곳을 돌아와 그릇처럼 조용히 시간을 쌓아놓은 자. 유리 제조공은 말했지. 불순물은 닦아낼수록 깊어진다니 너무 깨끗하게 닦지 마시오. 더께가 쌓이면 유리는 복잡하고 아름다운 무늬를 빚는다고 한다.

너는 모자를 벗으며 유리 안을 본다. 얼음 속에서 죽지 않는 소년을 제조하고 싶었지. 너는 사라지는 표정을 들여다본다.

나는 아무것도 모르지. 수건으로 유리 찬장을 닦는 어렵고 긴 마음. 매번 실패하는 것은 나이를 가둬서인가 부정을 버려서인가. 무늬로 뒤덮인 불멸의 강화 유리가 되고 싶었지.

너는 굴뚝을 향해 걸어간다. 얼음에 갇혀 무엇을 잃었나. 흰 구름, 흰 얼룩, 흰머리, 흰 이…… 너는 희미한 목소리로 중얼거리다 말고 굴뚝 사이로 빠져나간다.

나는 늙은이처럼 천천히 아주 천천히 흰 포자를 퍼뜨린다. 이제 소년은 살아나고 집으로 돌아올 것이고 그렇게 흰 소년은 살아 있기만 할 것인데 이것은 유리의 마음이 될 것인데

양조장

집이 너무 오래되면 사람이 된다는데 할머니는 가끔
지하에 내려간다. 그곳에는 비에 젖은 술통이 가득하고
썰다 만 돼지고기가 굴러다닌다. 그래서인가. 풍요롭고
넉넉한 지하 세계가 있다는 전설이 때로는 현실 같지. 할
머니는 손가락을 뻗어 술통의 빗물을 쓸어본다. 비를 찍
어 맛본다. 이 감각은 무엇일까. 피에 젖은 수건처럼 손
을 물들이는 이 맛은. 잘 벼려진 칼날로 남은 돼지고기를
썰다가 할머니는 낄낄거린다. 어둡고 붉다는 것이 한때
는 사랑의 감각인 줄 알았지. 썩어가도 맛있었지. 항아리
모양의 치마 안에 숨어 있던 서늘한 살 조각들. 뭉개지
며 바닥으로 흘러가도 좋았지. 그때마다 할머니의 지하
가 넓어졌지. 계단을 내려가서 계단 밖으로 멈추지 않고
내려가면 울고 있던 돼지들은 크고 굵은 할머니의 다리
가 되었지. 한번 들어오면 계속 안으로 들어갈 수밖에 없
는 거야. 고통에 푹 익어가는 향기로운 술통들처럼. 할머
니는 가혹한 진입의 운명을 알고 있지. 숨을 참는 울음은
잘 익어서 내내 깊어질 수밖에 없다는 걸. 그것을 아무도
원하지 않는다는 걸. 사람의 안쪽에 집이 생기고 그것을
자꾸만 잊는다는 걸. 그곳은 너무 멀어서 꿈처럼 무너진

다는 걸. 사람이 사람에게 건너가는 일은 집을 다 부숴야만 가능하다는 걸. 그렇게 지하에는 가다 만 영혼들이 서로의 입김을 나누며 술을 마시고 있다. 비인지 눈물인지 알 수 없는 핏기가 비릿하게 퍼져나간다. 그것이 사랑인 줄 알았는데. 영혼들이 휘청거리며 서로에게 부딪친다. 새 술통을 따는 할머니는 지도에 없는 시골 마을에서 향기로운 지하의 전설을 파고드는 사람. 무관한 창문에 가느다랗게 들어오는 빛으로 유서를 쓰는 사람. 너무 넓어서 건너갈 수 없는 이 지하에서 어떤 화석이 되겠습니까. 할머니는 대저택처럼 커지고 있다. 정원에는 수천 년을 통과한 나무들이 지하로 자라고 술통이 점점 부풀어 오른다. 내가 가보고 싶은 북쪽의 맑은 숲.

해변의 조우

우리는 손을 잡고 해변을 걸었다

그날 밤
꿈속에서 평등하게 죽음을 나눠 가졌지

엄마의 딱딱한 손
그 손을 잡고 말았는데

이것은 아무래도 복잡한 꿈이었는데
순서 없이 뒤섞여버린 현실이었는데

내가 죽은 건지
엄마가 죽은 건지

먼저 떠난 발자국을 따라가다가
백발이 덮어버린 이마를 쓸어 넘기다가

나는 어딘가 아파서 점점 어두운 표정을 갖게 되었지
엄마, 엄마는 어느 샌가

무너져 내리며 투명한 얼굴로 걸어가고
손을 앞으로, 앞으로만 내밀고
나는 그 손을 잡으려고 아주 오랫동안 수평선을 걸어
왔지

우리는 나란히 걷다가
비 내리는 꿈속에서 서로를 마주 볼 수 있었다

갑자기 뒤돌아선 엄마의
유리알 같은 모래들이 파도에 휩쓸리는

마지막 기후

우리는 순서 없이 섞여버린
따뜻한 물이 스며드는 삶 안에서
서로 부둥켜안고 있다

아침

혼자서 죽을 쑤는 사람이 있다

죽은 이후에도 속이 너무 아파서

죽을 먹어야겠어

여러 가지 병에서 단 한 가지 병으로 옮겨가는 중인데

자꾸만 투명해지는 손으로 무언가를 쓰고 싶은 밤이다

모두를 잊고 선박의 밑창처럼 녹이 슬고 싶은 밤이다
그런데

엄마

라고 써놓고

검은 깨죽을 쑤는 뒷모습에 대해 쓰려고 했는데

손가락이 사라져가는 이 느낌은 뭐지 점점 뭉툭해지는
이물감은

햇빛 때문인가 아닌가

나는 이미 죽었지만

공복에 속이 너무 아파서

엄마는 죽은 시간을 넘어가 혼자서 죽을 쑨다

아무것도 쓸 수 없어

어떻게 죽을 먹어야 하는지

여름의 애도

비 오는 밤 슬레이트 지붕 밑에서 어머니는 부서진 날개를 깁고 있었습니다. 이것은 누구의 옆구리일까요. 그때 나는 어머니의 바구니에 담겨 있는 털 뭉치처럼 온몸이 가려웠죠. 죽은 사람이 두고 간 것인데. 어머니는 중얼거리다 말고 빗물이 쏟아지는 마당을 가만히 바라보았습니다. 모든 발자국이 지워졌습니다. 어두운 자리 하나만 남아서 점점 깊어지고 있었죠. 모든 게 빗길을 따라 흘러가는 것인데. 너의 할머니는 이것을 두고 갔구나. 우산을 들고 어머니는 마당으로 걸어갔습니다. 어머니의 울음을 듣지 못하고 나는 털 빠진 개처럼 옆구리를 긁고 있었죠. 개다 만 빨래가 다시 축축하게 젖어드는 시간. 떠내려가지 못한 날개를 건져 올린 것은 어머니입니다. 찢기고 바스러진 이것을 어떤 자리에서 다 완성할 수 있을까요. 물에 젖은 어머니의 발자국이 천천히 지워지고 있습니다. 슬레이트 조각이 떨어지는 소리. 이 다정한 악몽의 시간에 잠깐 쉬었다 갈게. 죽은 사람의 날개가 모조리 힘없이 부서집니다. 어머니의 등에서 흰빛이 흘러나오고 있습니다. 나는 그제야 컹컹 웃기 시작합니다. 목이 아프도록. 장대비 쏟아지는 소리.

2부

집들이

　우리 집에 오는 사람은 아무도 없지만, 우리 집에 온 사람들은 모두 창문 밖으로 나가고 싶어 한다. 지붕에 걸려 있는 구름의 안으로 들어가고 싶어 한다. 나는 커피를 내리고 슬리퍼를 신겨주지만 우리 집에 오는 불꽃 같은 사람들은 목조 주택을 태우고 구름 속에 연기처럼 섞여 들고 싶어 한다. 우리 집 안에는 죽음보다 따뜻한 향기가 있어. 나는 재만 남은 슬리퍼를 신발장에 보관한다. 모든 것이 부스러져 밑으로 떨어진다. 구름 안으로 스며들 수 있도록 나는 창문을 열어둔다. 바닥에 앉아 귀를 대본다. 우리 집에 오는 사람들은 우리 집에 온 적이 없는데. 불에 타고 남은 흔적을 모으는 사람들을 생각한다. 창문 밖으로 퍼져나가는 재의 향기. 누군가가 우리 집 초인종을 누른다. 왜 밖에 서 있을까. 나는 무형의 차를 데우고 아무것도 남지 않은 슬리퍼를 현관 앞에 놓아둔다.

영혼이 있다면

이곳에는 아무것도 없다. 오로지 눈과 얼음뿐. 아무것도 없는 곳에 깨어 있다는 것은 무엇인가. 얼음 밑을 들여다봐도 얼음조차 없다. 아무것도 없는데 자꾸 무엇인가를 정리하고 싶다. 없는 것을 정리한다는 것은 무엇인가. 길을 아는 친구들은 모두 떠나갔다. 이곳에 공중이 없다는 것을 내게 속삭이듯 말하고 걸어갔다. 공중이 아닌 것이 없다는 것을 다시 말해주면서. 때로 감각이 좋은 과학자들이 이곳으로 온다. 그럴 때 나는 얼음인 듯 결정체로 남아 있다. 이상하지, 이곳에는 눈과 얼음뿐인데, 이 선연한 피는 어디에서 흐르는가. 과학자들은 서로에게 속삭이며 걸어간다. 그들의 공포가 빛나려면 더욱 많은 얼음이 필요하다. 무언가가 자꾸 다시 태어나려고 해. 나는 혼자 속삭여본다. 감각이 좋은 과학자들은 이곳으로 와서 눈 위를 걸어 얼음이 아닌 것들을 찾아간다. 얼음이 없다는 것을 기록해야 한다. 똑똑한 친구들은 투명하니까 사라졌고…… 바보 같은 것은 나 하나로도 꽉 차니까…… 얼음은 어디로 갔는가. 과학자들의 이가 길어지고 가슴에 털이 솟아난다. 이 선연하고 뜨거운 감각은 무엇이지. 과학자들이 서로의 목덜미를 뚫어지게 바라보며 으르렁대고 있다. 이 참을 수 없는 눈물은. 내장이 차가워지는 얼음 같은 울음은 무엇이지. 공포와 부정은 기록으로만 남기기로 했는데. 이곳에는 눈과 얼음뿐. 과학자들이 튼튼해진 발톱으로 들고 온 노트를 찢는다. 나는 얼음인 듯 피를 흘린다.

폭염

수염이 없으면 늙지도 않고 죽지도 않는다는 옛이야기
를 노인이 되어서야 들었습니다. 아침마다 떨리는 손으
로 수염을 깎으면서, 그는 새로운 꿈을 꾸게 되었어요. 다
시 태어난다면, 첫번째로 기도를 하겠습니다. 다시 태어
나지 않게 해주십시오. 스스로 울 수 있는 순간부터 그는
길에서 울고 있습니다. 우리는 울면서 태어나는데, 두번
째 기도를 하려고 합니다. 다시는 울지 않게 해주십시오.
그는 수염을 깎고 인공 눈물을 넣고 두 손을 모아 흐릿한
시야를 가늠해봅니다. 어지러운 햇빛이 쏟아지네요. 비
밀이 있다면, 세번째 기도를 할 수 있을까요. 매일매일 골
목길의 잎들을 쓸어내고 건물의 유리창을 닦으면서 바깥
으로 던져진 시간을 확인합니다. 인간이 서서 걷기 시작
하면서 손이 자유로워졌다고 합니다. 왜 이곳의 꽃은 항
상 쓰레기 더미 위에서 피어날까요. 목련 나무 아래 놓인
쓰레기를 버리며 생각합니다. 슬픈 기도가 두 손에서 흘
러나오는 이 한낮은 너무 뜨겁다고.

손님

외국인들이 앉아 있다. 이곳은 우리 집인데, 외국어만 쓸 수 있다. 나는 언어를 잃어버린 사람처럼 거실 안을 빙빙 돈다. 주전자에서 눈부신 연기가 올라와 흩어지고. 부드러운 음성. 깃털처럼 언어들이 떠다닌다. 부드러운 날개. 나는 손을 뻗어 흩날리는 소리를 잡아본다. 의미를 잃어버리면 이렇게 공중으로 천천히 떠오를 수 있을까. 서로에게 닿지 않는 의미는 우리에게 무엇일까. 창밖에서는 흰 눈이 펄펄 내리고. 알 수 없는 말이 들려오고 아무 말도 할 수 없는 나는 우리 집에서 가장 조용한 사람이 된다. 외국인들이 깃털을 털듯 서로의 어깨를 쓸어주고 있다. 더 깊은 의미를 잃어버리면 날개를 접고 우리 집을 떠나 새로운 집으로 갈 수 있을까. 창밖에는 폭설이 쏟아지고. 우리 집에서 홀로 집을 잃은 나는 외국인들처럼 차를 한잔 마시는데. 부드러운 연기. 부드러운 실종.

우유 급식

이렇게 깊고 깊게 파고드는 날이면 연필을 깎고 또 깎습니다. 저는 이제 편지를 쓸 사람이 없네요. 제게는 도착할 편지가 없습니다. 너무 미안해서 아무에게도 쓸 수가 없는 걸까요. 너무 미안해서 죽이고 싶은 걸까요. 다른 세상은 없으니까. 다른 너도 없으니까. 미안하면 미안한 채로 이를 갈며 뜬눈으로 잠이 들어야 하니까. 여기에는 여기도 없으니까. 어두운 시간은 어두운 곳에 없고, 쌓인 편지를 어느 시간 안으로 버려야 할지 알 수가 없습니다. 연필을 깎을 때는 날카롭고 작은 날이 좋은데 그 날이 늘 심장 가까이를 향합니다. 흑심은 제 마음에 없어요. 단 한 번도 쓰지 않은 편지 안쪽으로 뭉개져서 계속 깊어지고 있습니다. 다른 세상은 없는데도 말입니다. 사람은 사람 이상도 이하도 아닙니다. 그저 사람일 뿐인데 그것도 진실은 아니지요. 그것을 자꾸 되새기면서 비참해질 필요는 없어요. 아름다운 연필은 늘 손에서 손으로 건네집니다. 재의 단어를 나누어 가지고 우리는 가까워지지 않기 위해 가만히 손을 잡습니다. 저는 손이 차갑고, 단어는 금방 꺼지네요. 남은 우유를 먹을 시간. 몰래 죽으면 흰 우유를 먹어야 합니다. 심장을 꽉 쥐면 부스러지는 검은빛.

우유를 잔뜩 들이부어야 합니다. 죽음을 들키지 않는 삶.
새벽에는 편지를 쓰지만 그 손은 투명하고 제게는 손이
없습니다.

단어들

우리가 각인된 유령을 불러냈을 때 모두 벗고 있었다. 투명한 시선은 육체를 통과하니까. 우리는 서로의 몸을 만졌는데 미끄럽고 징그러웠지. 이 촉수 같은 시선은 뭐지. 자꾸만 만지니까 검어진다. 검은 유령들이 우리의 내부를 뚫고 다른 풍경으로 빨려 들어갔다. 돌가루가 떠도는 곳 무화과 열매가 떨어지는 곳 언 손이 녹아내리는 곳 벌거벗은 채 언덕 위에서 언제까지 같은 자세로 뒹굴어야 할까요 아무리 외쳐도 물만 흐르는 곳 그래도 우리는 묵묵히 충격을 흡수한다. 우리는 버려진 유령이니까 달라질 게 없지. 삶을 기록하라는 신의 명언은 지하로 스며든다. 쓸 수가 없다면 아무것도 아닌데. 흑탄으로 쓰면 구름도 검게 부푼다. 우리가 구름처럼 검은 빗물로 가득 차면 현명한 노인이 될 수 있을까. 만져지지 않는 시간을 통과하는 형벌. 흰 셔츠를 풀고 맑은 땀을 흘리는 안쪽의 우리에게 손을 뻗어본다. 천천히 폭풍이 몰려오는 이 언덕에서 미끄러지며 우리는 무엇이 될까. 춥고 피로한 슬픔의 형태로.

독서회

읽을 수 없는 문장처럼 생긴 것들이 가득해. 그는 망토를 벗었다. 눈이 보이지 않았다. 그때 나는 손에 든 책을 술집 바닥에 집어던지고 발로 밟고 있었다. 고통받지 말자. 읽고 토하자. 그는 곧 튀어나올 부호처럼 웃으며 내 발을 만졌다. 이렇게 엄지발가락이 튀어 오르니 맨발로 읽어야지. 발바닥에서 연기가 피어올랐다. 그 나라에 가보지 않고 그 나라의 불을 피우는 예언자처럼 모든 글자가 타올랐다. 나는 술집 바닥에서 조금씩 커져가는 불길이 되고 있었다. 형태가 없는 것도 녹아서 재가 될 수 있구나. 아무리 불타올라도 차가운 발이 따뜻해지지 않았다. 깊이 들어가면 뭐가 있을까. 불길 한가운데 가장 깊은 어둠 속에 담겨 있는 투명한 얼음. 그 나라에는 얼음으로 불길을 퍼뜨리고 쓰다 만 문장들이 후드득 떨어진대. 울음의 시작일지도 모르지. 그가 아무것도 보이지 않는 눈을 비비자 술집의 모든 울음이 테이블에서 타올랐다. 누군가가 그의 발을 잡고 엎드렸다. 이것은 어떤 이의 몸의 조각인가. 도끼가 필요해. 그을린 짐승들이 몸을 뒤틀었다. 아무도 가본 적 없는 외딴곳. 그 나라로 천천히 걸어들어갔다.

한밤의 독서회

그녀는 자살의 방을 개발한 인류에게 감탄한다. 매뉴
얼을 입력하면 원하는 방식으로 죽을 수 있다. 우리는 마
음의 병에서 시작해서 몸의 병으로 끝나는 이상한 대화
를 하는 모임이다. 누구에게도 이름은 없지만 각자의 벌
레들이 테이블 위로 모인다. 딱딱한 껍데기에서 빛이 나
서 가끔은 서로를 보며 눈을 감는다. 진흙을 만질 때도
있다. 손을 자주 사용하는 사람은 자신을 위로하려고 태
어난 것이라는데. 손이 짧고 뭉툭하면 병들어도 다른 병
을 불러들인다는데. 자살의 방은 누군가의 손이 만들었
다. 이상한 것만 쓰고 싶다. 흙 속에 손을 넣고 하나의 덩
어리를 꺼내던 자가 말을 한다. 너무 깨끗하게 닦은 테이
블에서 벌레들이 미끄러질 때가 있다. 눈이 보이지 않을
때까지 책을 읽었더니 희귀 병을 얻게 되었지. 이제 시를
쓰려고. 그녀가 중얼거린다. 프로필에 선생 이름만 적어
놓은 의사를 찾아간 그녀가 모임의 중심이다. 나는 어떤
추락으로 벌레들의 행진을 이어가지? 죽음에 집착하는
것은 살고 싶다는 것이어서 너무 유치한데. 하지만 나만
혼자 너무 슬퍼하지. 이 모임은 나 때문에 유치해진다. 좋
은 사람이 되고 싶은 아이들에게 이미 좋은 생물이라고

말해주고 싶다. 그녀는 내 말에 헛웃음을 짓다 말고 선글라스를 낀다. 일단 매뉴얼을 생각해야 하는데. 그자는 손이 흙 속에 묻혀 있고 나는 눈을 벽 속에 묻어두었으니 글자를 너무 많이 써서 모두를 병들게 한 네가 제일 문제구나. 그녀는 조금씩 기어가는 나의 벌레를 꾹 눌러본다. 빈 책을 선물하고 선물 받는 일은 그만하자. 기록하려는 욕망은 눈과 손의 일이 아니다. 나는 목이 긴 부츠를 갈아 신고 테이블 위를 걷는다. 부츠가 좋아서 그래. 다리가 아픈 나는 산책을 사랑한다. 조각을 하다 말고 마음을 만지려던 자가 핏빛 덩어리를 가만히 보고 있다. 이상한 것만 쓰려면 어떻게 하지. 이건 어떻게 조각하지. 그자는 홀로 중얼거린다. 너는 좋은 흙이야. 나는 그자의 덩어리를 건너가며 말한다. 모임의 중심인 그녀는 감았다 뜬 자신의 눈에 차가운 빛이 들어오는 것을 깨닫는다. 병들어서 다른 병을 알아보는 것은 상상력보다 슬퍼서 우수한 목발이라고 우리는 각자의 빈 책을 펼친다. 언젠가 벌레만 죽는 시간이 올 거야. 살아남는 것은 진창뿐. 살고 싶은 죽은 매뉴얼은 어떻게 쓰지. 사냥할 수 없는 목발들.

없는 책

선생은 꿈 바깥으로 걸어 나와 내게 책 한 권을 내밀었다.

뱀-물, 이 부분을 읽어라.

나는 거리의 도서관으로 휩쓸려 갔다. 거리는 텅 비어 있었고 밤의 덩어리가 의자처럼 곳곳에 뭉쳐 있었다. 이 책은 어디에 있나요. 받침이 없는 의자에 앉아서 나는 잠깐 숨을 골랐다. 휩쓸려 가는 것에는 발이 필요 없지. 무정형으로 떠다니는 순간들이 쌓였다. 의자는 무겁기도 하고 가볍기도 한 텅 빈 도형. 자꾸만 밑으로 빠져버렸지. 나는 없는 발을 버리고 길고 어두운 골목길이 끝도 없이 펼쳐진 현실 바깥으로 걸어 나갔다. 그곳에는 선생이 없고 플라넷이라는 사서만 엎드려 있었다. 뱀-물,이라는 제목에 동그라미가 쳐져 있듯이. 나는 플라넷의 등에 썩어가는 혹처럼 얹혀 있었다. 그의 등에 염증이 돋아났다. 이 책은 어딘가 깊은 곳에 있나요. 습기가 많아야 염증이 번지지. 플라넷은 누군가의 눈물이 자신의 내부에 흐르도록 내버려두었다. 말이 없었고 흐느낌만 가득한 도서관이었다. 이 책을 어떻게 읽어야 하나요. 나는 부스럼이 돋는 입을 달싹거렸다. 그는 조금 더 깊게 블록 안으로 들어가 엎드렸다. 그가 움직일 때마다 안쪽에서 현실이 조금씩 움직였다. 이 밑에 더 많은 뱀-물이 있다. 그것을 끌어올리면 이 도서관의 끝에 다다르지. 그는 물을 토하며 천천히 기어갔다. 사서가 없는 도서관이라니. 나는 온몸으로 번지는 염증 때문에 벅벅 긁었다. 이렇게 물이 많은 책을 찾으면 만날 수 있을까. 조금 더 특별하게 멀어질 수 있을까. 나는 불이 붙지 않는 의자에 앉아서 다시 숨을 골랐다. 의자가 도형의 형태를 바꾸며 현실로 떠내려갔다.

문장 연습

인간적인 좀비가 되는 꿈을 꾸었는데. 얼굴이 부서지고 핏물이 뚝뚝 떨어지는 신기한 몸이란 문장을 움켜쥐기에는 나약하다는 것을 알았지. 인간일 때는 몰랐던 세계의 일그러짐이 유연한 몸을 만들고. 타액이 서로에게 섞여들어도 눈물인 줄 모르고. 그냥 우리는 상처를 입히는 것이 전부인 줄 알았지. 그렇잖아. 한때는 운동장이 세계의 끝이라고 생각하고 떨어질 듯 구석에 서서 서로를 밀어버리다가. 유연하게 다친다는 것도 결국 무서운 일이라고 침을 흘리곤 했었잖아. 철봉에 매달려 하늘로 올라갈 듯 휘휘 돌다가. 자라지 못한 순간부터 이 통증들은 신기한 몸의 일부라는 것을 알았지. 우리는 자꾸만 짓물러지는 서로의 팔뚝에 문장들을 새겨 넣으려다가 실패하고. 그게 어쩌나 재미있던지 멈추지 않고 물어뜯었잖아. 아무리 밀어도 밖에서 잠긴 문밖으로는 밀려나지 않아서 그게 어쩌나 스릴 있던지. 너는 약해서 죄를 짓는 거야. 네가 낄낄거리며 나를 끌고 운동장을 달렸는데. 인간적인 좀비가 되는 꿈은 아주 오래된 꿈. 그것을 적으려면 한 번은 죽어야 한다고 네가 말했지. 죽고 나면 아무 문장도 움켜쥘 수 없다는 것을 알게 된다고. 운동장에서 울고 있던 내가 아무것도 쓸 수 없게 된다는 것을 나는 꿈 밖으로 밀려나와 알게 되었지. 어쩌면 약해도 달리기를 멈출 수 없는 운동장의 세계란 그런 것일까.

오래전 홍당무

아주 오래전부터 나는 병상 일기만 적고 있다. 아프지 않을 때는 더욱 깊게 적었다. 불타는 창문 아래서 너는 내게 아프지 말고 행복하자고 써 주었는데 그런 말은 즐겁고 발랄한 필체여서 나는 집에 가고 싶어졌다. 붉은 옷을 입고 몸에 그려진 땡땡이를 파내고 있는 네가 창문에 비치고 있었다. 형태는 사라졌고 재가 떨어졌다. 너는 지금 이 순간이 좋은 거니. 가끔 일기에 적어야 할 말을 소리 내어 말할 때가 있다. 그럴 때마다 나는 우유에 흠뻑 젖어 하얀 피를 흘렸다. 모두가 잘 지냈으면 좋겠어. 너는 붉은색 위에 붉은색을 겹쳐 입은 홍당무. 우리는 새벽에 일어나 문 닫힌 카페에서 아침 식사를 같이 한 적이 있다. 아무도 없고 아무도 없어서 무서웠지. 서로를 바라보며 수프를 떠먹고 당근을 씹었지. 무겁고 지루하고 그저 그런 말들이 떠다니는 이 도시가 좋아서 너는 사랑에 빠졌다. 휠체어를 끌고 다닐 때까지 우리는 이 병든 도시에서 만나야 해. 나는 내 일기의 끝을 미리 적고 있었다. 작고 날카로운 칼을 주머니에 넣어두고 잠든 그녀를 너는 자꾸만 떠올렸다. 한 번도 꺼내본 적 없는 장식용 무기들을 사랑하는 그녀를 너는 병든 짐승이라고 생각했다. 매

일 밤 사냥당하는 꿈을 꾸지만 내용이 기억나지 않는다
고 너는 링거를 꽂고 울었다. 땡땡이 무늬가 조금씩 떨어
지고 머리에 매달린 푸른 잎이 창문 밖에서 흔들렸다. 불
타는 이 도시에서 푸른 잎사귀가 떨어지다니. 나는 이방
인들이구나 생각했다. 꿈 같은 건 적어서는 안 된다. 나는
우유를 질질 흘렸다. 길고 가느다란 혀가 바닥을 핥고 있
었다. 너는 혀를 사랑하고 부서지는 손가락으로 내 병상
일기를 대신 적고 있었다.

게스트 하우스

나는 해변에 서 있다. 이곳에서 움직일 수가 없었는데. 나는 없거나 너무 많은 방을 가지고 있다. 때로 섬에 사는 염소들이 없는 방에 들렀다가 수많은 방으로 빠져나간다. 발굽들이 남기고 간 흔적. 포말처럼 부서지는 이 집요한 얼룩들을 쓰느라 나는 미궁에 빠진다. 이 해변에는 오래된 집들이 모여 있다. 아무도 오지 않지만 누구나 와서 머물다 간다. 잠깐 들어와 뿔을 내려놓고 잠이 든 염소들. 그들의 젖은 꿈을 쓰느라 나는 선 채로 긴 잠에 빠진다. 발을 버리고 아무 흔적도 남지 않는 수면으로 들어간다. 끝이 없는 바닥이 있다면 바다에 있겠지. 나는 돌아갈 곳이 없다. 내가 머물지 못한 방들. 모든 문이 열려 있다. 나는 하루 종일 해변에 서 있다. 없는 발이 푹푹 빠지는 기묘한 현상을 느끼며 딱딱한 머리통을 쓰다듬다가…… 아무것도 씌어지지 않은 젖은 문장들을 말리고 있다.

친구를 만나러

푸른 뱀처럼 간지러운 네가 왔다. 너는 너와 다른 것을 무엇이라 부르는가. 너는 빛이라고 생각한 운동장에 놓여 있다. 한여름 밤이었는데 이상하게 너무 추웠지. 너는 바닥에 발을 묻고 엉덩이를 흔들었다. 치마를 입고 왔어야 하는데. 이런 춤은 아름답다고 생각하는 너의 마음을 만지고 싶었다. 푸른 강아지처럼 새벽에 침을 흘리는 네가 왔다. 별이 폭발하는 순간을 본 적 있는가. 운동장에서 잘 보이지. 폭발하면서 조각을 남기는 순간 빛이 된다고 하네. 너는 폭발할 것이 아무것도 없는 푸른 먼지처럼 왔다. 너무 만나려고 애쓰지 말자. 너는 바닥으로 떨어지는 그네를 탔다. 힘들어서 그네는 자꾸 밑으로 밑으로만 내려갔다. 바닥을 헤집고 들어가는 곤충이 잘 보여. 너는 깊은 땅속이 따뜻하다고 말한다. 너와 같은 것을 무엇이라 부르는가. 빛이 떨어지는 마음은 같은 것이겠지. 나라고 부른다.

축구 동호회

네 안의 풍경이 우수하다는 것을 알아. 하지만 너는 압력이 꽉 찬 텅 빈 공터. 어떻게 들어가야 할까. 물처럼 스며들려면 얼마나 납작해져야 할까. 한 사람이 나를 굴리고 있다. 나는 터질 듯이 팽팽한 공. 쓰레기 더미에서 굴리고 있다, 한 사람이 나를. 공터 주변을 빙빙 돌면서 한 사람과 나는 점점 더 부풀어 오르고 있다. 이 공터는 스스로 자라는 진공관처럼 수치가 높아지는 곳. 네 안의 텅 빈 진공이 울고 있다는 것을 안다. 한 사람은 나를 옆으로 찬다. 모서리가 없는 세계. 나는 옆으로 길게 뻗어나간다. 저곳으로 돌아가야 하는데, 한 사람이 나를 옆 발로 차고 있다. 한 사람의 발차기는 날렵하고 매끈하다. 이렇게 어지럽기만 하면 안 되는데. 나는 빙빙 돌면서 형형색색의 꽉 찬 풍경보다 더 나빠진다. 공기를 빼주세요. 나는 미친 공처럼 뱅글뱅글 돌면서 진흙을 구르고 있다. 한 사람이 나에게 더운 공기를 힘껏 불어넣고 있다. 벌어진 틈을 녹색 테이프로 바르고 슬픈 유기견처럼 뒷발로 뻥뻥 찬다. 점점 더 멀어지는 저 병상 안으로 언제 들어갈 수 있을까. 우수한 병의 목록이 조금씩 지워진다. 한 사람이 풍경 밖에서 울고 있다. 거대한 눈물로 이제 막 생성되려는 내 풍경을 지우고 있다.

3부

외국 여행

각자의 말들로 서로를 물들일 수 있을까

나는 그의 어둠과 다른 색

오래전 이동해 온 고통이 여기에 와서 쉬고 있다

어떤 불행도 가끔은 쉬었다 간다

옆에 앉는다

노인이 지팡이를 내려놓고 태양을 바라보고 있다

흰 이를 드러내며 나는 웃고

우리의 혼혈은 어떤 언어일지 생각한다

유광 자원

하루 종일 어깨를 빛에 대고 있으면 부패의 흔적. 그는 조용히 눈을 뜬다. 빛에서 썩은 날개가 떨어지고 있다. 횡단보도에서는 늙은 개가 일어나지 못하고 뜨거워진다. 지금 내 얼굴은 붉은가. 그가 중얼거린다. 건널목에 핏자국이 빠르게 퍼진다. 공무원은 어디 갔지. 아무도 저 뜨거운 순간을 기록할 수 없는 거지. 그는 손가락을 빨고 있다. 침을 흘리며. 이런 악취는 빛에서 떨어지나. 툭툭 철근을 걷어차다 보면 냄새를 만지게 된다. 이곳으로 모이는 모든 고물은 감각의 일종. 부스러기들이 웅성대고 있다. 놀란 사람들이 늙은 개의 정수리를 긴 막대기로 건드리고 있다. 불행의 감각은 너무 가까운 감촉. 그는 무너져 내리는 어깨뼈를 문에 기대고 있다. 이 문은 닫힌 적이 없다. 건물 관리인은 어디로 간 거지. 침이 줄줄 옷 속으로 스며드는데. 샤워 꼭지를 만지다 보면 알 수 있지. 울지 않고도 깊어질 수 있다. 이 맑고도 끈끈한 부정의 얼룩들 매일매일 손금처럼 번지는 핏자국들 그는 조금씩 부서지며 개의 다리를 끌고 온다. 이렇게 이번 삶이 끝나지 않는다면 이 고물은 좀더 생생한 감각이야. 지금 그의 얼굴은 붉은가. 고물상 한가운데에 묘지를 파는 그의 손은. 버려지지 않은 것들은 어디로 갔지. 아무도 이 이상하고 슬픈 순간은 기록할 수 없는 거지.

잔업

　시간이 곡선으로 휘어지기 시작한 때부터 시간은 정지했다. 나는 무엇을 먹어야 할지 몰라 진흙에 얼굴을 묻었다. 이 그릇은 뻑뻑하다. 천사들이 흘리고 간 것이라는데, 남자였고 여자였던 시간이 담겨 있었다. 나는 무릎밖에 없는 짐승처럼 안으로 기어갔다. 돌아올 수가 없었다. 매일 출근하고 길에서 사라지는 노동자들. 시간이란 영원 중에서 가장 뒤에 처진 채 달려가는 부분이라는 문헌을 읽고 토했다. 곡선으로 휘어진 후 가닿을 곳이란 정지해버린 하루 안쪽인가. 집으로 돌아가고 싶었는데 움직일 수가 없었다. 창문 밖에서 천사들이 날개를 깎아내고 있었다. 일하기에 거추장스러워. 자꾸만 날아오르려는 힘 때문에. 깃털들이 눈처럼 흩어졌다. 앙상한 어깨를 창틀에 기댄 채 노래를 불렀다. 가장 영혼다운 부분은 인간이 아닌 부분이지. 세상을 닮는다는 것은 무엇인가. 탕비실에서 냄비가 펄펄 끓고 있었다.

육식을 하면

　나는 죽은 자들 이야기를 좋아했다 해 질 녘이면 난로 위에서 기름이 끓었다 나는 한 페이지가 넘어갈 때마다 물을 삼켰지 언니는 도마를 두드리다 말고 젖은 손으로 내 이마를 짚었다 언니는 식당을 폐업했다 창고 안에서 남은 고기들이 천천히 녹아가고 있을지도 몰라 언니는 가끔 훌쩍거렸다 시간은 창고 안에서 깊어지겠지 언니는 열심히 고기를 썰었다 다른 생물의 살을 만지고 썰다 보면 나이를 빨리 먹는 느낌은 뭘까 손이 큰 언니는 무엇이든 잘 만들어냈는데 이 살은 왜 이렇게 익숙하고 부드러울까 언니는 따뜻한 물로 내 손을 씻겨주는 것을 좋아했다 약하고 약한 살이 이렇게…… 언니가 중얼거리며 대야의 물을 버릴 때마다 핏물이 흘러내렸다 따뜻해라 나도 모르게 긴 숨을 내뱉는 한낮 오래전 공장 사람들이 폐업한 식당으로 모여들었다 창고 안에서 깊어지다 보면 우리는 말랑말랑해져서 서로를 더듬었다 단단한 뼈는 어디에 있을까 우리는 서로의 살만 확인하다 알 수 없는 시간으로 들어갔다 죽은 후에도 녹으면서 흐르는 것이 있다는데 날개가 부러진 언니는 식당을 폐업하고도 계속

슬픔을 시작할 수가 없다

슬픔을 시작할 수가 없다
너의 몸을 안지 않고서는
차갑고 투명한 살을
천천히, 그리고 오랫동안
쓸어보지 않고서는

1년 동안
너는 바닷속에서 물처럼 흘러가고 있다
너는 심연 속에서 살처럼 흩어지고 있다
발이 없어서 우는 사람

오래전부터 바다는 잠을 자고 있어서
죽음을 깨우지 못한대
너는 묘지도 없이 잠 속에서 이를 갈며 떨고 있다
너는 죽음을 시작할 수가 없다

산 자들은 항상 죽은 자 주위로 모여든다고 하는데
우리는 슬픔도 없이 모여 있다
진정한 애도는 몸이 없이 시작되지 않는다

모든 비밀은 바닷속에 잠겨 있다
바다에서 죽지 않는 손이 올라온다
그 손을 잡아끌어 올려야 한다

광화문 산책

거울을 덮어줘. 검은 얼굴이 자꾸만 흘러나와. 하지만 살아 있는 친구들이 장막을 걷고 있어. 빛이 쏟아지고. 너는 내게 몇백 개의 거울을 깨버리라고 했지만. 물 없는 개천을 걷는다. 대기는 친구들로 꽉 차 있네. 이렇게 좁은 공간에서 붙어 있으면 서로 헷갈리잖아. 누가 산 것인지 죽은 것인지. 거울은 얼굴들로 꽉 차 있어. 지금은 밖보다 안이 더 추운 시간. 개천은 쓰레기들로 꽉 차 있어. 너는 내게 산책을 하자고 말했지. 그렇게 너는 침묵 속으로 떨어진다. 회오리바람이 잠든 곳에서 우리는 물 없이 걷는다. 이 꿈속은 왜 이렇게 좁은 거니? 너 때문에 내가 살아 있는 너의 등에 업혀 가야 하잖아.

그림자가 가득 찬 텐트가 터질 듯이 팽팽해. 못들이 바닥에 얼굴을 박고 있어. 너는 계속해서 떨어진다. 미안해. 병에 걸려서. 장례에 실패했어. 속삭인다. 그렇게 너는 거울을 깨고 떨어지지. 이렇게 버려진 시신이 되면 신神이 될 거 같아. 텐트는 넘쳐나는 그림자들로 기우뚱거리네. 살아 있는 친구들은 방수포를 펼치고 누워 서로 얼싸안는다. 이봐, 이렇게 가까이하면 너무 꽉 차서 산 자와 죽은 자가 뒤바뀌잖아. 침 냄새. 나는 거울 바깥으로 얼굴을 흘리고 있지. 지금은 바깥보다 안이 더 죽은 시간. '친구를 돌려주세요.' 씌어지지 않은 유서를 잘 접어 마지막 문장을 덮자. 이 비밀을 언제까지 파헤쳐야 나는 잘 수 있을까. 쓰레기가 넘쳐나는 개천에서 우리는 산책을 한다. 대기가 어린 친구들로 꽉 차 있어. 물은 어디로 흘러가버린 것일까. 핏물이 빠지고 있다.

4월의 해변

해변을 걷다 보면 내가 자꾸 떠내려온다. 발이 많으면 괴물처럼 보이지. 나는 편지를 쓰러 해변에 자주 온다. 무엇인가를 썼다고 생각했는데 다 젖어버렸다. 다시 쓰러 기울어진 선박으로 들어간다. 물 가까이에서 살면 산책할 때마다 울게 돼. 그 울음을 헤치고 나아가느라 발이 많은 괴물아. 체육복을 입은 소녀들이 서로 발이 엉켜 모래밭에서 뒹군다. 파도는 그들에게 닿지 못한다. 오래된 과자 봉지를 뜯으며 다 죽었는데 발처럼 많아지는 마음을 들여다본다. 너무 살려고 애쓰지 마. 물을 뚝뚝 흘리며 소녀들이 모래사장을 걸어간다. 모두 돌아가자. 쉴 수 있어. 해변에서.

광화문 천막

천사가 원숭이처럼 떨어질 때 나는 나무를 껴안고 있었고 이 적막한 동물원은 무엇인가 생각했지. 물길이 점점 좁아지고 늙은 생물들은 엎드린 흔적들이 휩쓸려 가지 않도록 자신의 눈물을 계속 바닥에 흘렸는데. 이 같은 얼굴을 하고 우는 것을 나는 천사라고 생각했는데. 원숭이들이 내 등짝을 계속 때렸지. 나무속이 텅텅 비었나. 오래 버티려면 다 버리고 간신히 있는 것. 아무리 배가 나와도 천사가 가벼운 이유지. 나는 혼잣말을 하다가 말을 버리면서 위로를 터득했는데. 동물원은 점점 더 무거워졌지. 진창 속에서 눈을 씻는 것이 그렇게 어려운가. 겨울 숲은 아무것도 없어서 신비로운 법인가. 나는 몰래 남들이 흘린 눈물 안에 손을 넣었지. 가장 투명한 물이란 깃털들이 떠다니는 표면. 우리에게 구원이 무엇인가 생각했지. 나는 왜 이렇게 털이 없나. 홀쭉한 배를 부풀리며 가벼우면 날아갈 수 있지 않을까 믿었지. 이 모순 덩어리 원숭이 같은 자식! 동물원 문을 부수며 몽둥이를 휘두르는 날쌘 원숭이들이여. 핏빛으로 타오르는 내 등은 맛있게 구워지고 있었지. 이렇게 가벼워지는 거지. 겨울 숲처럼 아무것도 없이 투명한 재만 남으면 이 우화의 끝은 어디인가.

해바라기

내가 한 점의 빛일 때부터 걸어와 오늘이라는 시간에 당도해 있다 오늘은 끝나지 않는다

할머니는 한낮 공원 의자에 앉아 뜨개질을 한다

사라지는 것이 아름답다면 한 걸음씩 한 걸음씩 천천히 걸어갈 수 있어 내 불행한 산책도 끝이 없어서 나는 꿈인 줄 알면서도 할머니 옆에 앉아 무언가를 기다렸다

아름답지 않아도 오늘은 미리 당도해 있다 붉은 뜨개실은 천천히 풀리고

나는 너무나 일찍부터 세계 전도를 펼쳐놓고 빛이 흩어지길 기다렸다 내가 태어나기 이전부터 내가 악몽을 기억하기 훨씬 전부터……

뜨개질을 하는 할머니는 왜 살아 있는 것처럼 보일까 긴 바늘로 자신을 찌르며 속의 울음을 먹고 있는 것처럼

우리는 서로 기대지 않고 그저 의자에 앉아 있다 내가
빛의 파편으로 얼굴이 까만 씨로 덮일 때 오늘을 견디고
있을 때 멸망하는 꿈은 바깥으로 흘러간다 바구니를 발
바닥으로 미는 할머니 점점 길어지는 뜨개실

의자 옆에는 검은 개

폭풍이 오기를 기다렸다

오늘마다 기다렸다 세계 전도를 찢으며 털실을 먹으며

북해도

흰 뿔을 달고 사람들이 걷는다.

사이렌이 울리는 섬.

나는 순례가 흩어지는 모습을 보고 있다.

누구의 울음인지 알 수 없는
양 한 마리

공중에 발굽을 내디딘다.

찻잔이 식어간다.
두 손이 꽁꽁 얼고

나는 언젠가부터 울지 않는다.
늘 폭설이 내린다.

우물의 시간

나는 잡고 있던 너의 손을 버리고 문밖으로 나왔지. 홀로 있을 때 나를 버릴 수 있는 사람은 오로지 나뿐이었는데 함께 있을 때 나를 버릴 수 있는 사람은 둘이 된다.

신발을 벗고 우물을 들여다본다. 물속 깊은 그림자 속에 빠져들어 있으면 바닥이 되고 싶다. 불행은 물속으로 녹아드니까. 자신의 그림자를 죽은 자 위에 놓아두면 안 된다는 옛말은 보다 아름다운 세계를 감추려는 것일지도 몰라. 우리는 잠에서 흘러나와 잠으로 가는 것이니까.

너는 천천히 다가와 벽돌을 쌓는다. 추위에 견딜 수 있는 시간을 담고 벽은 금이 가겠지. 옛집에는 스스로 울 수 있는 흙이 숨겨져 있다고 너는 병든 내게 말했다. 진흙을 개어 우물터를 쌓던 밤이 있었다. 부드러운 한밤 깊은 곳으로 우리는 갔다. 너는 나의 손을 잡고 함께 버려지고 있었다.

목수 일기

처음부터 어둠이 가득 차 있는 이 신화는 어떻게 그려
내야 할지 몰라 백지 위에 집을 그렸습니다. 어차피 우주
에는 열고 나갈 문이 필요가 없죠. 모든 것이 열려 있기
때문에 우리는 집을 짓고 싶었습니다. 우리는 나약하니
까 앞과 뒤가 섞이고 위와 아래가 사라지는 풍경은 견딜
수가 없어요. 자연스럽다는 것은 자기 자신을 스스로 보
여줄 수 있다는 것인데. 우리가 빛과 어둠으로 빚어진 그
림자에 지나지 않는다면 슬픔도 만질 수 없고 기쁨도 안을
수 없어서요. 그 자체로는 아무것도 할 수 없어서요. 최후
의 순간이 되면 모든 것이 뒤바뀐다는 성경의 구절을 너
에게 보낸 후 책상 위에 흩어져 있는 고백들을 모두 지워
버렸습니다. 이렇게나 광대하면 어떤 신호도 너에게 닿
지 않을 텐데. 재앙은 부서지는 별이라고 합니다. 별 가루
가 떨어져 스스로 자신을 보여줄 텐데. 무형의 것을 만질
수 있었던 옛사람들은 이것을 슬퍼했다고 하는데. 우리
는 지붕을 얹고 그 위에 사라진 사람들의 영혼이 머물기
를 기도합니다. 빛나는 몸으로 지붕에 앉아 큰 솥에 죽을
쑤어주길 기도합니다. 이 비극은 이렇게 구현되기 때문
에 설명 불가능할까요. 긴 톱을 들고 나무를 자릅니다. 틀

을 만들자. 우리는 창문 안으로 스며드는 그림자들. 뜨거
운 팥죽을 밑으로 뚝뚝 떨어뜨립니다.

무한

외할머니는 몰래 울었다. 살려고 이불을 덮으면 너무 무겁구나. 죽으려고 이불 밖으로 기어 나가면 너무 춥다. 모두 모여서 덜덜 떨고 있던 밤이었다. 등을 구부리면 어딘가로 빨려 들어가는 밤이었다. 얼음이 쌓인 입구를 향해 우리는 고개를 돌렸다. 외할머니, 우리가 이 길을 닦아 놓았어요. 당신의 이름이 깊어지도록 천천히 조문을 썼습니다. 현실에 조난당한 우리가 썼습니다. 추운 벼랑 앞에서 썼습니다. 유리병에 담겨 어딘가로 흘러가는 신화는 이곳에 와서 다 부서졌다. 한평생 지옥 속에서 큰 솥에 죽이나 쑤고 있는 기분이야. 죽은 외할머니는 다시 울먹거렸다. 불은 매일 꺼졌지. 등을 구부리고 바닥을 헤집으면 시간이 나뒹굴고 있었다. 입김을 불어넣었지. 그때 죽어버린 건 누구였을까. 아무도 묻지 않았지만 이불 속에서 검은 머리칼이 흘러나왔다. 털이 가득한 밤. 이불이 길게 자라나고 있었다. 모두 모여서 검은 이불을 덮고 자신의 이름을 썼다.

엄마의 과일청

문을 열어놓아도 당신은 나올 줄을 모릅니다. 달큰한 과육을 꾹꾹 눌러놓은 돌처럼. 부드럽고 향기로운 살들이 모두 녹아 없어질 때까지. 오랫동안 긴 젓가락을 넣어 저어보았지요. 함께 나갈까요, 끝나지 않는 질문을 흘리면서. 이곳의 모든 것은 아무것도 부패하지 않고 고스란히 네 입으로 흘러갈 거란다. 당신은 병 속에서 자신의 손발을 꾹꾹 누르고 있습니다. 차곡차곡 쌓여서 썩지 않는 사람으로 만들어주고 싶어 합니다. 울고 있는 순간에도 달짝지근한 눈물이 쏟아져 병 속의 당신이 핥을 수 있기를, 죽은 후에도 찻물을 부으면 다시 살점이 단단해지기를, 심장을 누르는 돌…… 뚜껑을 열어놓아도 당신은 나갈 수가 없습니다. 나는 함께 나가자고 병의 입구에 바람을 불어넣었습니다. 아름다운 악취가 흘러나왔죠. 슬픔의 냄새란 병 속의 바람에서 퍼져가는 것일지도 모른다고 생각했습니다. 당신은 없어진 손발 대신 몸통으로 과육들을 빨아들이고 있네요. 나의 영혼에서 흘러나간 이 바람은 무엇인가요. 급속도로 모든 것이 썩기 시작했습니다. 당신은 앉은뱅이처럼 병 속에서 일어날 줄을 모릅니다. 이곳에서 시작된 어지러운 바람. 스무 살에 살던 방이었습니다. 나뒹구는 모든 병이 썩고 있었습니다.

여름

악천후 속에 있다. 엄마는 찬물로 쌀을 씻었다. 우는 것은 쉽다. 엄마는 양파를 썰며 말했다. 악천후 속에서 우는 일같이, 쉬운 일은 하지 마. 엄마는 국을 끓였다. 모든 폭풍이 이 작은 집 안으로 모여들었다. 나는 물을 쏟았다. 창밖에서 목이 긴 나무가 안쪽을 들여다보고 있었다. 몹시 흔들렸다. 나는 물속에 엎드린 채 영원을 둘러싼 기후에 대해 생각하고 있었다. 엄마는 식탁을 닦았다. 아무리 닦아도 물이 흘렀다. 악천후 같은 영원은 이번 삶에서 끝나지 않지만 그래도…… 엄마는 희미하게 웃었다. 길게 땋은 내 머리칼을 쓰다듬었다.

열대야

한 바퀴 동네를 돌고 오면 가족은 줄기도 하고, 늘어나기도 한다. 여름에는 우는 법을 잊은 고양이가 돌아오고. 나는 꿈결인 듯 마당에 주저앉아 만져지지 않는 발을 만져보았다. 어느 순간부터 새로운 가족이 생겼는데, 너무 잘 아는 얼굴. 어린 외삼촌이 나무에 걸터앉아 무서워서 울고 있다. 내려가고 싶은데 나무는 조금씩 꿈 밖으로 이동하고 있었다. 우리가 진정으로 원하는 집이란 이곳에 존재하지 않을지도 몰라. 병원 침대에서 외삼촌은 조용히 눈을 감았다. 나는 한여름 밤 땀을 뻘뻘 흘리고 있다. 가족이었던 누군가가 폐허로 돌아오는 모습을 보고 있다. 오래된 집은 파손되고 부서져 있다. 부서진 틈에 대고 깊은 한숨을 몰아쉬며 죽은 고양이가 말했다. 얼마나 다행이니. 누구나 자라면 우는 법을 잊는대. 나는 잡히지 않는 백발이 마당에 흩어지는 것을 보았다. 꿈 밖에서는 아무도 이곳으로 돌아오고 싶어 하지 않는다. 나는 운동화를 신고 무너진 담장을 뛰어넘었다. 여름 바깥으로 달려가고 있었다. 먼저 죽은 삼촌은 나무에서 계속 자랐다. 우는 나무가 현실로 걸어 나갔다.

이집트 소년

아직 먼 곳으로 갈 준비가 안 되었다. 이 준비는 언제 끝날까. 만일 먼 곳에 산다면 이곳에서 죽는 일은 어렵겠지. 나는 책을 두고 갈 수가 없다. 아무런 말도 읽지 못하면서 그 말들 두고 갈 수가 없는 마음. 다정한 너는 아무것도 쓰지 않은 편지를 잘 받았다고, 무엇을 쓰지 않느라 얼룩이 잔뜩 껴 있었다고 투명한 답장을 보내주었는데. 우리는 불행한 일들에 대해 성심성의껏 마음을 쓰고. 차마 쓰지 못하는 행복이란 단어가 너무 어렵지. 너는 책을 읽는 마음이란 노래의 끝으로 질주하는 일이라고 가끔 토했는데. 이집트의 호텔 보이는 글자를 써서 주자 울 것 같은 표정이 되었다. 모르는 사람들과 말을 할 수 있는 것만으로도 저는 십대 시절을 다 보냈어요. 시간이 얼른 지나가서 말도 없이 무덤덤한 노년이 오기를 바랍니다. 그런 소년에게 나는 휴가라고 써서 보여준다. 소년은 내가 내민 쪽지를 땅으로 떨어뜨린다. 일그러진 얼굴로 나를 외면한다. 무엇을 쓴다는 것이 고통을 줄 수도 있다면. 수많은 글자로 가득 찬 이곳에서 어떻게 마음을 써야 하는지. 모래만 가득한 먼 곳에서 금방 늙는다는 것은 무엇일지. 나는 시와 오아시스 사막에서 잠깐 동안 글자를 버리고 온 적이 있다. 사막으로 돌아가는 일은 어렵고.
이집트 소년은 사막에서 아무도 보내지 않은 편지를 읽
고 있다.

4부

낭만적인 자리

그는 소파에 앉아 있다. 길고 아름다운 다리를 접고 있다. 나는 가만히 본다. 나는 서 있고. 이곳은 지하인가. 너무 오래 앉아 있어서 그는 지하가 되었다. 어두우면 따뜻하게 느껴진다. 어둠이 동그란 형태라고 생각한 적이 있다. 그것을 깨려면 서야 한다. 나는 귀퉁이에 서 있다. 형태를 만져볼 수 있을까. 나는 공기 중에 서 있다. 동그란 귓속에서 돌이 빠져나온다. 나는 어지럽게 서 있다. 지하를 지탱하는 힘. 그는 아름다운 자신의 다리를 자꾸만 부순다. 앉아서. 일어날 수가 없잖아. 다리에서 돌이 빠져나온다. 우리는 10년 만에 만났지. 그는 걷다가 돌아왔다. 걸어서 마지막으로 도착한 귀퉁이에 내가 앉아 있었다. 이곳은 얼마나 걸어야 만날 수 있는 거지. 그의 다리에서 생생한 안개가 피어오른다. 그가 뿌린 흙 위에 나는 서 있다. 이곳은 익숙하고 정겨운 냄새가 난다. 일어나기 전에 잠깐 동안 그는 앉아 있었는데, 동그랗게 어두워지는 자리였다. 내가 어지러워 돌처럼 흘러 나가는 자리. 소파에 앉아서 그는 흩어진 잔해들을 본다. 아무리 오래 걸어도 집이라는 집은 없다. 고향이 없어서 우리는 모든 것을 바치지.

녹은 이후

눈사람이 녹고 있다
눈사람은 내색하지 않는다
죽어가는 부분은

에스키모인은 마음을 들키지 않기 위해
막대기 하나를 들고 집을 나선다고 한다
마음이 녹아 없어질 때까지
걷는다고 한다
마지막 부분이 사라질 때까지

그들은 막대기를 꽂고 돌아온다고 하는데
그렇게 알 수 없는 곳에 도달해서
투명하게 되어 돌아온다고 하는데

나는 어디로 간 것입니까
왜 돌아오질 않죠
불 꺼진 방 안에서 바닥에 이마를 대고
얼음처럼 기다렸는데
누군가가 돌아올까 봐

창문을 열어두고 갔는데

햇빛 아래
죽어가는 부분이 남아서
흘러가고 있습니다

누군가의 발밑으로
엉망인 바닥으로

형태가 무너지는 눈사람

이렇게 귀향이 어려울 줄은 몰랐는데
흰 눈으로 사람을 만들고
죽어가는 모습을 지켜본다

이런 걸 봄이라고 한다면

영토

너의 아름다운 공터. 자라다 만 나무가 있고, 죽지 못한 돌이 있지. 빛이 자기 자신을 그리다 말고 흩어지는 모서리.

나는 놀러 간다. 아무도 오지 않는 그곳에 맨발로 간다. 부서진 욕조 안에서 거미가 어둠을 잇고 있을 때. 너는 모서리에서 떨어지던 기다란 선 하나를 밟고 서 있지.

선 바깥으로 가야 하나 말아야 하나. 네가 쓴 편지를 받을 때마다 나는 맨발을 비볐지. 자기 자신을 그릴 줄 아는 것은 자연뿐 우리는 아무것도 그릴 수가 없어서

기울어진 것이 좋아. 너는 중얼거리며 세상에는 없는 각도로 휘어지고 있었지. 부드러운 그물이 살 속으로 파고들 때마다

가장 어지럽고 가장 치명적인 이곳은 너의 아름다운 그릇. 휘어진 너는 어디에도 가닿지 않고 싶어서 텅 빈 욕조를 두드려보았지. 목마르고 배고픔이 가득해.

우리는 자꾸만 만난다.

서로를 만질 수 없어서 어쩔 수 없이 깊어지고.

모든 것이 빼곡한 나의 아름다운 욕조. 세상을 닮아야
만 너에게 말을 걸 수 있나. 너는 이미 각도 바깥으로 사
라졌는데

박쥐들의 공원

사람들이 공원 안에 모여 있다. 모두가 각자의 고백을 하느라 철봉이 뜨겁게 달구어졌지. 공원은 깊은 내부 때문에 한없이 들썩거렸다. 비밀이 많아져야 도시는 번성하니까.

서로의 내부를 들여다보면 동굴처럼 고인 물이 가득하다. 허리를 굽히고 그가 자신의 발을 만졌다. 도대체 내몸에서 무슨 일이 일어나고 있는 거지. 사람들 사이에서

그는 거꾸로 매달려 있었다. 수많은 활자가 뜨겁게 달구어지는 철봉에 발이 끼어 있었다.

나는 철봉으로 기어올라 그의 발에 내 발을 포갰다. 세상의 끝에 동굴이 있다는 문장을 옮겨 적은 적이 있어. 그에게 주려던 수첩이 바닥으로 떨어졌다.

창문이 없는 집에서 잠만 잤어. 영원히 잤어. 그것이 나의 고백이었지만 그 말들은 썩은 물 안으로 떨어졌지.

우리가 눈을 감자 검은 날개가 조금씩 돋아났다.

그렇다면 동굴의 끝에는 무엇이 있나. 우리는 스스로 자라서 너무 힘이 센 닭백숙을 뜯어 먹던 골방을 떠올렸다.

이곳을 나가려고 하지 말고 이곳의 핵심으로 들어가자. 거꾸로 매달린 채 그는 살점을 찢어 내 입안에 넣어주었다.

결혼

그는 아름답고 복잡한 사람을 보면 외계인이라고 불렀습니다. 나는 한때 피라미드 내부로 들어가서 돌 위에 머리를 찧은 적이 있었지요. 머리는 밤이 사라질 때까지 계속해서 부서지고 있었습니다. 서른이 온다는 것은 무엇일까, 중얼거리면서. 마당이 넓은 곳에 묻혔으면 좋겠다고 생각하면서요. 깊고 뾰족한 집이라는 것은 우리에게 어울리지 않으니 나는 잠시 외계인의 머리를 빌려 쓰고 있었습니다. 피라미드의 입구를 빠져나왔지만 아무도 나를 보지 못했지요. 이것은 머리가 없어서 아름다운 일. 그때부터 나는 바람처럼 달리다 멈추고 내 몸을 돌돌 말아 수많은 구멍을 밤의 내부로 흘려보냈습니다. 우리가 밤을 걸으면 발자국도 없이 굳는다는 것을 모른 채. 돌의 숲. 그는 이불의 각을 정확하게 맞추는 사람이고 나는 그 위에 엎어져 자꾸만 돌가루를 떨어뜨립니다. 우리가 만난 것은 추방되었기 때문일지도 몰라. 아무도 돌의 내부로는 찾아오지 않지. 이렇게 빛나는 울음이 많은데, 황폐하고 쓸쓸한 눈부신 광물들이 우리를 감싸고 있는데, 그는 기억의 일부로 추락해버린 외계인을 그리워하며 신발장에 못질을 합니다. 나는 숲의 일부가 되어 딱딱하게 굳

어갑니다. 이것은 머리부터 시작되었습니다. 피라미드에
서른을 두고 돌만 얻어 온 나는 머리도 없이 자라는 광
물에 대한 책을 읽고 있습니다. 나는 무엇 때문에 지구의
글자를 사랑하게 되었던 것일까요. 궤도의 이탈과 회전
하는 가루들 속에서 어지러움으로 이루어진 물질일까요.
나는 숲이라는 기억의 일부로 그의 마음속으로 들어갑니
다. 아름답게 추락하는 광물의 에너지. 이렇게 우리가 합
쳐지면 자연에서 멀어지는 것인가. 자연으로 돌아가는
것인가. 그는 내가 떨어뜨린 피라미드의 머리를 쓰고 웃
습니다. 아무도 찾아오지 않는 딱딱한 숲속에서 그는 조
용히 불을 피웁니다. 돌처럼 복잡한 우리의 내부에.

병 속의 편지

어둠이 검은 물질로 만들어졌다고 상상한 이후부터 시간의 꿈을 담고 싶어졌습니다. 병에 담으면 될까요? 긴 시간을 건너왔으니 따뜻했던 밤으로 돌아가고 싶어져서

그는 매일 밤 술을 마시고
병을 모으고
병을 세우고

여기에 오는 모든 사람은 찰랑찰랑한 어둠을 만질 수 있을지도 모릅니다. 병의 입구를 꽉 움켜쥔 채 잠이 들고

나는 이불 밖으로 빠져나가는 무관한 것들을 자꾸만 쓸어 담고

너니까, 너라서, 너 때문에 지옥에 있었지. 우리의 싸움이 검고 어두워질 때 너라는 사실 하나로 모든 시간은 꿈이 되었지. 전도서를 펼치면 허무, 허무, 모든 것이 허무로다……

나는 그 문장에 밑줄을 그었습니다. 다시 지웠습니다. 구약성경은 어떤 종말보다 잔혹해서 병에 담고 싶어지는데

그는 매일 밤 펜을 버리고
문장을 버리고
자신을 버리고

아무것도 쓰지 마. 무관한 것들을 쓰지 마. 돌아올 수 없는 것들에 대해서 쓰지 마. 이제는 쓰지 마.

아름다운 것들은 기록되면 파괴되지.
사라질 수가 없지.

그는 연애편지를 이렇게 건네네요. 어떤 사랑도 기록하지 말기를. 영원히 느끼고 싶다면 그저 손이라는 물질을 잡고

병의 입구를 열고

아침 식탁
—유형진 시인에게

버섯의 속을 파내면 살이 있습니다. 갓난아기의 살 같
은......

무엇을 파내는 일에 집중하게 됩니다. 햇빛이 창 안으
로 쏟아지는 오전에는

칼을 씻고 국을 끓입니다.

매일매일 부드러운 물질들을 만지고 으스러뜨리고

아무도 이곳에 있지 않습니다.

나를 밀쳐낸 어떤 시간만이, 손대면 뭉개지는 살점 같
은 시간만이,

환풍구 밑에서 더운 몸을 식히고 있습니다.

사라진 너의 다리가 내 다리에 와 닿고 너의 손이 내
손 위에 포개어지고

너무 말랑말랑해서 파낼 수 없는 살들은

어두워지면 거실을 건너

숲에서 돋아나는 밤의 심장 속으로 빨려 들어가네요.

뼈와 피가 되지 않는 살

서로의 눈빛을 지나 대기로 흘러가는 밥 냄새

입김만 남아 죽음조차 알아볼 수 없는 가벼움

잎사귀로 칼을 닦고 투명한 피를 버리고

숲속에는 텅텅 빈 시간들이 두런두런 모여 앉은

풍성한 아침 식탁이 펼쳐집니다.

아홉 걸음

우리의 모든 것은 우리가 생각한 결과라고 붓다가 말했습니다. 나는 불행을 좋아해서 이곳으로 돌아온 것일까요. 담벼락에 20년이 넘도록 붉은 손바닥이 찍혀 있고 이 길의 끝에는 버스 정류장이 있었는데…… 나는 어디에 있었던 것일까요. 우유갑을 힘껏 밟아 으스러뜨리고

아직 멀리 가지는 않았지? 소매 끝에 묻은 피를 닦아내며, 너의 셔츠를 흔들며, 이것이 보일 만한 곳에 있지? 담벼락에서 흐르는 다정한 통증이여 조용히 불러봅니다. 사람이나 동물의 상처에 스치면 혈액응고로 죽을 수도 있다는 유퍼스 나무에 대해 생각한 적이 있습니다. 모든 것은 그 생각에서 나온 것일까요. 너는 나의 나무, 연애편지를 쓰면서

손을 꼭 잡고 걸으며 우리는 담벼락을 지워갔던가요. 손을 으스러질 듯이 잡고 걸으면서 욕조가 무섭다고 속삭이던 너의 목소리가 둥둥. 욕조가 따뜻하고 다정해서 죽고 싶어진다는 너의 노래가 둥둥 떠다니던 그런 생각이, 그런 생각에서 우리가 나온 것입니다. 높은 곳으로 일

곱 걸음, 낮은 곳에서 여덟 걸음…… 유퍼스 나무에 중독
되면 그렇게밖에 걸을 수 없습니다. 아홉번째 걸음에 멈
춰 선 채

　이 끝에는 집으로 갈 수 있는 버스 정류장이 있는데.
매일 밤 울음이 녹아드는 욕조의 물은 따뜻합니다. 네 등
의 찢어진 상처를 만지면 어떤 생각의 결과로 쓸쓸해지
는지 더욱더 알 수가 없었습니다. 남은 우유를 마셔야 할
지 버려야 할지 부서질 듯 잡고 있는 한 손을 부숴버려야
할지 나의 맹독성 나무를 모두 베어버리고 기어이 아홉
번째 걸음을 내디뎌야 할지

　우리의 모든 것은 우리가 나오게 된 결과인 것입니다.
생각에서 걸어 나와 사랑받으려고 한 것입니다.

휴일

내게 아이라는 시간이 다시 오지 않고
앞으로도 아이라는 공간에서 뒹굴 수가 없고

창밖에서
공원을 가로질러
아이라는 폐허가 걸어간다

뒤뚱거리며 개를 쫓아가는
인간이라기엔 너무나 눈부시고
눈부시기에는 너무나 짧고 짧은
순간의 물질이

이 사회는 아이를 키우기에 적당하지 않은 시간입니다
모든 것을 바쳐서 내가 없이 죽음 하나 얻는 공간입
니다
그러니 아이는 시간과 공간을 합쳐서 다시 사라지는
아름답고 쓸쓸한 과학의 오류일까요

늙은 과학자들은 고심합니다

이 사회여서가 아니라
이 사회를 끊기 위해서
모든 달콤함을 버리고
폐허가 된 아이를 해방시키는 방법

실험실에서 쥐를 껴안고

우리가 우리를 인간이라고 말하기에 너무 처참한 것은
인간을 낳고 자꾸 낳아서
눈부신 멸망을 찾아가기 때문일까요

공원에는 눈먼 사냥개들이 가득하고

북해도 여관

폭설이 내리는 날에는 내 안에 내가 앉아 있지. 빳빳한 면을 적시며 눈이 떨어지는 감각. 조금씩 젖으면서 흰 얼룩이 번지는 세계.

나는 너의 티셔츠에 묻어 있는 얼룩을 지우다 말고 이것은 영원히 흔적으로 남는 것은 아닐까 생각했지. 현실에서 나와 목화를 키우고 양 떼를 보이지 않는 곳까지 몰고 가면서

우리의 신화 밖에서 우리 자체가 형벌이 되는 것은 아닐까. 내 안에 앉아 흰 울음이 가득한 너를 쓰고. 이것은 여행이 아니야. 이렇게 갇혀서 폭설의 발자국처럼 흔적만 파고 있는 한밤.

사이렌이 울리고 두꺼운 면 티셔츠의 얼룩은 아무리 빨아도 지워지지 않는다. 오래전 등성이를 넘어간 양 떼는 모두 얼어 죽었을까. 창문으로만 드나드는 기록의 형식은 죽은 산양의 순례처럼 가깝고 먼 것인가.

백지 한가운데가 검은빛으로 물들던 겨울. 나는 너처럼 겨울이 좋고. 양처럼 뒤집어져 허공에 두 다리를 내지르며 슬프게 죽어가는 것이 좋고. 우리가 이렇게 헤어지는 순간은 무엇일까 쓰고 있었지.

나는 사이렌이 울리면 무관하게 불타오르는 지붕들. 기록할수록 너와 멀어지는 한 줌 털. 한 줌 재. 한 줌 눈.

독립

바깥으로 나간
내가 자꾸 비밀을 말하려 한다

말하지 마
말하지 마

내 두 귀에서는 상한 우유가 흘러내리고

엄마여
자꾸만 거품이 끓어 넘치는 비밀까지
대신 먹지 마세요

버리기 아깝다고
바닥에 누워

죽은 빛들로 가득한 밤의 혀를
언제까지

흘린 우유의 단백질이 응고되어가고

악취가 쏟아지는데

엄마
바깥에서 비밀을 버리고 돌아오는
나를 꼭 끌어안고
새 우유를 따뜻하게 데우고

갓 자란 세계가
나에게 자꾸 비밀을 말하려 한다

빈 화분

우리는 울기도 전에
다정한 말들을 썼습니다
이게 어울릴까
서로의 머리를 쓰다듬으면 어두운 가루들이 떨어져버
리는
죽은 시간 속에서

늙은 우리는 스무 살에 살던 방에 들어가
버려진 화분을 들여다보았던 것입니다
이 방에서 하루치의 잠을 다녀간 친구들은
조금씩 돋아나는 썩은 잎을 먹고 또 먹었죠

맛있지
응 맛있어

잊고 싶은 것들은 화분에 묻어두자
우리는 너무 닮아 있구나

모든 독성을 받아먹고

화분은 오랫동안 흙을 토해내고 있었습니다
불운으로 가득 찬 이 방에 숨어
깨지 않는 잠 속으로 들어가려고

그러고 나서 쓸까
연필이 부러지고
자꾸만 부서지고 잿빛 가루로 타버릴 동안

죽은 우리는 화분에서
서로에게 몸을 비비다가

그러고 보니 우리는 자란 것이 없다

빈 책상에서 일어납니다
고백보다는 매혹이어야 한다고 믿었던 시간이
하수구로 떠내려갑니다

아픈 것들을 버릴 때마다
모두가 좋아합니다

친구의 집

계단 아래 숨어 있는 죽음이 가득한 집에 가본 적이 있다. 그때 나는 맨발이었다. 아무리 어두워도 이 집에서는 신발을 벗어야 돼. 어둠을 밟으면서 가야 하니까. 친구는 내 어깨를 쓰다듬으며 웃었다. 흠뻑 젖은 얼굴이었다. 비가 오면 흘러내리는 벽이 비밀이랄 것도 없지. 곰팡이가 핀 벽에 기대 우리는 찬밥을 나누어 먹었다. 이곳에 오는 사람들은 모두 갈 곳이 없대. 친구는 문밖을 바라보며 말했다. 왜 바깥에 가만히 서 있니? 친구는 뒤에서 들어오는 또 한 명의 나를 위해 문을 열어두었다. 그때 먼저 들어온 나는 천천히 발도 버리고 지하의 비밀 속으로 들어가는 원시 생물의 꿈을 꾸었다.

연대

어둠이 쏟아지는 의자에 앉아 있다. 흙 속에 발을 넣었다. 따뜻한 이삭. 이삭이라는 이름의 친구가 있다. 나는 망가진 마음들을 조립하느라 자라지 못하고 밑으로만 떨어지는 밀알. 옆에 앉아 있다. 어둠을 나누고 있다.

기록할 수 없는 — 공포와 부정의 이야기

조재룡
(문학평론가)

불가능의 괄호들

이영주의 네번째 시집 『어떤 사랑도 기록하지 말기를』에는 수많은 '이야기'가 등장한다. 이 이야기는 대부분 이루어지지 않거나 할 수 없는 곳에 단단히 제 뿌리를 내리고 있으며, 그와 같은 시간의 굴곡을 타고서 마침내 그 성정과 슬픔을 어루만진다. 매듭짓지 못하는 사건들, 사건의 버팀목이 되어야 하나 그러지 못하고 부서진 파편들과 그 허약한 구조, 입을 상실한 화자들과 그들이 흘려내는 신음 같은 발화, 연결점이 끊어져나간 수다한 지점들에는, 어김없이 할 수 없음, 하지 못함의 불능, 아니 그 불가능의 얼룩들이 번져 있다. 처참한 주검과 파리한 타자의 표정들이 저 다기한 삶의 시간 속에서 교차할 뿐, 하늘이, 빛이, 그 어떤 가능성이, 그러니까 긍정의 실마리가 보이지 않는다. 지축이 무너져 내리고 몸은 어디론가 한없이 추락하고 있다. 팔은 팔대로, 다리는 다리대로 제멋대로 흐느적거리고, 입은 입대로, 언어는 언어대로 남의 것인 양, 국적을 확인할 수 없는 외국어를 홀로 청해 듣는 것처럼, 사방은, 이웃은, 타자는 소통의 반열에 오르지 못한다. 나뉘어 갈라지는 문장의 분기分岐 속에서 끝내 올려다본 시선은 뚜렷한 꿈, 외부의 꿈, 형언할 수 없는 공포, 그것이 에워싸고 있는 비현실-현실의 장벽에 가닿는다.

이렇게 깊고 깊게 파고드는 날이면 연필을 깎고 또 깎습니다. 저는 이제 편지를 쓸 사람이 없네요. 제게는 도착할 편지가 없습니다. 너무 미안해서 아무에게도 쓸 수가 없는 걸까요. 너무 미안해서 죽이고 싶은 걸까요. 다른 세상은 없으니까. 다른 너도 없으니까. 미안하면 미안한 채로 이를 갈며 뜬눈으로 잠이 들어야 하니까. 여기에는 여기도 없으니까. 어두운 시간은 어두운 곳에 없고, 쌓인 편지를 어느 시간 안으로 버려야 할지 알 수가 없습니다. 연필을 깎을 때는 날카롭고 작은 날이 좋은데 그 날이 늘 심장 가까이를 향합니다. 흑심은 제 마음에 없어요. 단 한 번도 쓰지 않은 편지 안쪽으로 뭉개져서 계속 깊어지고 있

습니다. 다른 세상은 없는데도 말입니다. 사람은 사람 이
상도 이하도 아닙니다. 그저 사람일 뿐인데 그것도 진실은
아니지요. 그것을 자꾸 되새기면서 비참해질 필요는 없어
요. 아름다운 연필은 늘 손에서 손으로 건네집니다. 재의
단어를 나누어 가지고 우리는 가까워지지 않기 위해 가만
히 손을 잡습니다. 저는 손이 차갑고, 단어는 금방 꺼지네
요. 남은 우유를 먹을 시간. 몰래 죽으면 흰 우유를 먹어야
합니다. 심장을 꽉 쥐면 부스러지는 검은빛. 우유를 잔뜩
들이부어야 합니다. 죽음을 들키지 않는 삶. 새벽에는 편
지를 쓰지만 그 손은 투명하고 제게는 손이 없습니다.

　　　　　　　　　　　　　　　　　　　—「우유 급식」 전문

　내부—안으로 향하는 '없음'과 '할 수 없음'의 무수한
괄호가 연속적으로 펼쳐지며, 헛도는 회전문이나 반복
되고 다시 또 반복되는 도돌이표처럼 일련의 행위를 포
위한다. 연필을 깎고 또 깎으며, 편지를 쓰려고 하지만,
쓸 대상도, 쓸 말도, 누군가로부터 도착할 편지 자체도
부재한다. 불능의 원인을 시인은 "너무 미안해서"라고
암시할 뿐이다. 부정의 끝은, 그 시작에서 벌써 제 운명
을 예고하는 것이나 다름이 없다. 죽음은 좀처럼 삶에서
들키지 않는다. 그것을 밟고 서서 살지만, 밟고 섰다는
사실조차 잊고 있는 삶이 오늘도 이어지고 있기 때문이
다. 투명한 손, 그러니까 기록할 수 없는 손으로만 오로

지 기록이 가능한 편지를 시인은 쓰려 한다. 편지를 쓰는 행위는 이렇게 불가능성의 가능성을 타진하는 말로 채워질 수밖에 없다. '투명한 손'은 할 수 없음을 '행行' 하는 손이다. 그것이 투명하기에 자신에게는 "손이 없" 다고 말하는 까닭은, 공간-시간-도구-몸 등을 포함한 모든 것들이 존재할 "여기에는 여기도 없"기 때문이다. 연필의 "흑심"이 "단 한 번도 쓰지 않은 편지 안쪽으로 뭉개져서 계속 깊어지고"이어 더욱 단단해지는 한 점의 저 마음이 "꽉 쥐면 부스러지는 검은빛"의 "심장"이 되어갈수록, 현실감을 상실한, 마시다 만 하얀 우유도 파편처럼 차갑게 부스러진다. 실현될 수 없는 감각이 이렇게 실현된다. 부정의 연속이자 부정의 끝에 다다르기 위해 다시 한 번 더 부정할 수밖에 없음에 대한 이와 같은 명백한 확인은, 시에서 무언가로부터 지속적으로 미끄러지며 이탈하거나, 비현실을 현실에서 행하는 행위를 통해 제시될 뿐이다. '하지 못함'은 '하지 못함' 그 자체를 하는 행위, '기록할 수 없음'은 '기록할 수 없음' 그 자체를 기록하는 행위를 통해 시인은 불가능성의 가능성을 타진해나간다. 이 불가능성의 가능성은 오로지 "재의 단어를 나누어 가"진 "우리"가 "가까워지지 않기 위해 가만히 손을 잡"고 있는 식의, 저 좁힐 수 없으며 또 함부로 좁히면 안 된다는 식으로 어긋난, 실현이 희미한 가능성이며, 이 가능성은 시에서 마치 명제나 진리처럼 적힌, 그렇기에 또한 실현되지 않을—실현될 수 없는 "아름다운 연필은 늘 손에서 손으로 건네집니다"와 같이, 근본적인 불가능성을 표정하며 우뚝 선 객관적 서술과 그 문장의 빗장을 풀려고 힘겹게 싸우는 양상으로 드러날 뿐이다.

외국인들이 앉아 있다. 이곳은 우리 집인데, 외국어만 쓸 수 있다. 나는 언어를 잃어버린 사람처럼 거실 안을 빙빙 돈다. 주전자에서 눈부신 연기가 올라와 흩어지고. 부드러운 음성. 깃털처럼 언어들이 떠다닌다. 부드러운 날개. 나는 손을 뻗어 흩날리는 소리를 잡아본다. 의미를 잃어버리면 이렇게 공중으로 천천히 떠오를 수 있을까. 서로에게 닿지 않는 의미는 우리에게 무엇일까. 창밖에서는 흰 눈이 펄펄 내리고. 알 수 없는 말이 들려오고 아무 말도 할 수 없는 나는 우리 집에서 가장 조용한 사람이 된다.

—「손님」부분

그렇잖아. 한때는 운동장이 세계의 끝이라고 생각하고 떨어질 듯 구석에 서서 서로를 밀어버리다가. 유연하게 다친다는 것도 결국 무서운 일이라고 침을 흘리곤 했었잖아. 철봉에 매달려 하늘로 올라갈 듯 휘휘 돌다가. 자라지 못한 순간부터 이 통증들은 신기한 몸의 일부라는 것을 알았지. 우리는 자꾸만 짓물러지는 서로의 팔뚝에 문장들을 새겨 넣으려다가 실패하고.

—「문장 연습」부분

　시인은 외국인들 사이에 홀로 놓여 있다. 알아들을 수
없는 외국어는 의미를 잃고 오로지 소리로 사방을 떠돌
아다닐 뿐이다. 제자리를 이탈하여 눌려 찍힌 마침표가
언표를 넘어, 발화의 차원에서 의미의 상실을 직접 실
현한다. "손을 뻗어 흩날리는 소리를 잡"으려 해도, "알
수 없는 말"은 발화의 마침표처럼, 뚝뚝 끊겨, 주전자 연
기 사이로 공허하게 흩어진다. 언어로 기록될 수 없거
나 표현될 수 없는 것들, 의미를 잃어버리는 과정 전반
과 소통 불능의 상태를 시인은 구두점의 시적 운용을 통
해 실현하면서, 자기 집에서조차 자기 자신이 손님이 된
것 같은 낯선 이물감과 기이한 느낌을 표현한다. "운동
장"역시 과거–현재를 잇는 실패의 공간이며, 실패를 기
억하고 확인하는 공간이다. 이 실패는 기록 가능성의 실
패, 소통 가능성의 실패, 사실을 기록할 수 있는 가능성
의 좌절, 사실일 수 있는 것을 기록할 수 있는 가능성의
상실이며, 왜곡 없이 사실적인 것(시적인 것과 다르지 않
은)을 쓸 수 있는 가능성이 확장되어나갈 지점에서 항상
기다리고 있는 실패하는 곳이 바로 "운동장"이다. 실패
는 마감할 수 없는 자리에 휴지를 삽입한 단절의 마침표
를 통해 실현된다.

이곳에는 아무것도 없다. 오로지 눈과 얼음뿐. 아무것도 없는 곳에 깨어 있다는 것은 무엇인가. 얼음 밑을 들여다봐도 얼음조차 없다. 아무것도 없는데 자꾸 무엇인가를 정리하고 싶다. 없는 것을 정리한다는 것은 무엇인가. 길을 아는 친구들은 모두 떠나갔다. 이곳에 공중이 없다는 것을 내게 속삭이듯 말하고 걸어갔다. 공중이 아닌 것이 없다는 것을 다시 말해주면서. 때로 감각이 좋은 과학자들이 이곳으로 온다. 그럴 때 나는 얼음인 듯 결정체로 남아 있다. 이상하지, 이곳에는 눈과 얼음뿐인데, 이 선연한 피는 어디에서 흐르는가. 과학자들은 서로에게 속삭이며 걸어간다. 그들의 공포가 빛나려면 더욱 많은 얼음이 필요하다. 무언가가 자꾸 다시 태어나려고 해. 나는 혼자 속삭여본다. [⋯⋯] 얼음이 없다는 것을 기록해야 한다. [⋯⋯] 얼음은 어디로 갔는가. 과학자들의 이가 길어지고 가슴에 털이 솟아난다. 이 선연하고 뜨거운 감각은 무엇이지. 과학자들이 서로의 목덜미를 뚫어지게 바라보며 으르렁대고 있다. 이 참을 수 없는 눈물은. 내장이 차가워지는 얼음 같은 울음은 무엇이지. 공포와 부정은 기록으로만 남기기로 했는데. 이곳에는 눈과 얼음뿐. 과학자들이 튼튼해진 발톱으로 들고 온 노트를 찢는다. 나는 얼음인 듯 피를 흘린다.

──「영혼이 있다면」부분

이 세계에서는 무언가가 무너지고 있었으며, 무너지고 있다. 무언가가 제자리를 계속해서 헛돌고 있다. 상실되었음이 분명한 무엇, 바로 그 위로 슬픔이 편재하나, 이조차 오롯이 기록할 수 없다. 죽음도 죽지 못하는 실종과 상실, 참혹의 혹한이 차가운 얼음처럼 눈부시게 차올라오고, 뜨거운 불꽃처럼 시집의 도처에서 작렬한다. "눈과 얼음뿐"인 세계, "아무것도 없는" 세계, 모든 것을 상실하고 만 어느 순간과, 그 이후의 세계에서, 시인은 무엇을 듣고 또 말할 수 있는가? 이곳에 당도한 과학자들은 고작 중력을 확인하고 제 자명한 이치와 논리를 설파한다. 그러나 이들의 설명과 논리와 이치는, 설명될 수 없는, 그러니까 제 논리를 벗어나버린 공간과 상태, 즉 벌써 그리고 여전히, 펼쳐져 있으며 또한 펼쳐지고 있는 공간인 "눈과 얼음"을 제외하면, 어디에서도 존재할 수 없는 역설처럼, "아무것도 없는 곳"에서 그저 맴도는 공허한 메아리처럼 들려올 뿐이다. 이 세계는 과학자들이 "공포"를 느끼는 게 오히려 당연한 세계, 이성-합리-논리-과학으로는 도저히 설명될 수도, 이해할 수도 없는 세계, 이성-합리-논리-과학으로 이해될 수도 없지만, 그럼에도 이성-합리-논리-과학이 낳은 세계다. 바로 이와 같은 '세계에서-세계임에도 불구하고', 시인은 "선연하고 뜨거운 감각"의 주인이 되고, "참을 수 없는 눈물"을 흘리며, "내장이 차가워지는 얼음 같은 울음"을 터뜨린다. 울음은 끝내 발화되지 못할 것이다. "얼음인 듯 피를 흘"리고 있는 역설의 시인은 이 "공포와 부정"을 어떻게 기록할 것인가?

복화술 – 이야기

시집의 선후는 간결한 두 개의 이야기로 열고 또 마감한다. 시집의 첫 작품을 인용한다.

불과 물. 우리는 서로를 불태우며 물속으로 밀어 넣었다. 우리는 망해가는 나라니까. 악천후의 지표니까. 우리는 나뭇가지를 쌓아놓고 불을 붙였고, 오줌을 쌌고, 자주 울었고, 나무들이 그 모습을 지켜보곤 했다.

―「십대」 전문

시집은 "십대" 시절의 이야기에서 출발한다. "우리"와 "나라"는 공히 "망해가는"으로 연결되어, 수식의 대상에 걸맞은 역할을 부여받고 "망해가는"을 직접 실현한다. 이와 같은 언어의 사용은, 하나를 확정 짓는 언표의 자리에서 그대로 주저앉는 것이 아니라, 이영주 시에서 반복해서 나타나는 매우 중요하고도 독특한 중의성의 지표이자 단선적 의미 대신, 층층이 겹으로 쌓인 복합적 의미의 장을 형성하는 고유한 문법의 근간을 이룬다. "서로를 불태우며 물속으로 밀어 넣"는 십대의 절망과 방황만이 이야기의 골격을 이루는 것이 아니라, 공포가 선사하는 눈부신 대칭에 둘러싸인 주체로 "우리"와 "나라"를 모두-동시에 포괄한다는 점을 눈여겨볼 필요가 있다. 이영주의 시에서, '나'는 대상과 주체라는 이분법에 갇히지 않으며, 시인은 또한 그와 같은 독서를 독자에게 허용하지도 않는다.

밀랍으로 만든 날개를 달고서 하늘로 날아오르고자 했으나 위험을 예감한 아버지의 충고를 무시하여 끝내 바다로 추락했던 이카루스의 이야기를 첫사랑의 경험에 빗댄 두번째 작품 「첫사랑」의 "견갑골이 날개 뼈가 되는 이야기"는 그저 한 시절의 이야기인 것 같지만, "너의 중력에 내가 부서지는 소리", 너와 내가 "날아가는 이야기", "벽을 건너 다른 곳에서 걸을 때마다 부서지는 소리", "뼈와 뼈가 녹아내리는 소리"로 채워지는, 지금-여기서 회상하는 '너와 나'의 상실에 관한 이야기, 과거를 현재화해서 그려낸, 너-나의 공동체-가능성에 관한 이야기이다.

이어서 읽게 되는 「방화범」도 사정은 크게 다르지 않다. 결국 "우리가 깊어져서 검게 타들어"가는 '우리'의 이야기이기 때문이다. 물과 불이라는 극명하게 대립되는 두 항을 충돌시키며, 하나로 녹여내는 마음과 그 마음의 상실과 고립을 시인은 강조하지만("불을 붙이면 자꾸만 꺼져버리는 이상기후 속에 나는 버려져 있습니다"), 이내 "녹아내리는 손을 뻗어 내 심장 안을 만져"보는 "그녀"와 화자 '나' 사이의 구분은 무화되고 만다. "액체처럼 말"하는 "그녀"는, 흘러가는 것, 유동하는 것, 타오르는 것을 통해, 서로 강렬하게 대립되는 모든 요소들과 나-그녀를 고립시키는 대신 "그녀가 나의 안을 헤집으며 흘리고 있는 물질"로 이 양자를 전환해내고, 나아가 하나가 하나에게 "한밤에 빛나고 있는 이 물질"처럼 전이되고 마는, 타자와의 길항이나 운동처럼, 둘 이상을 매개하며, 결국 우리의, 우리에 관한 무수한 물음을 빚어낸다. 바로 이런 방식으로 이영주는 그녀에게서 나에게로, 나에게서 그녀에게로, 나에게서 너에게로, 너에게서 나에게로, 그렇게 '우리'의 슬픔을 돌보는 말의 무늬를 입힌다.

물에서 물로 떨어지는 일상은 정말 축축하구나. 소년은 구름처럼 머리가 부푸는 현장이다. 말없이 언젠가 터질지 모르지만 소년은 밤마다 언덕에 올라가 하늘에 가까워지는 법을 생각한다. 잠시 머리를 들고 공중을 만져보는 것. 아무리 생각해도 슬퍼지는 일들밖에 떠오르질 않네. 소년은 이 폐허에서,라고 쓴 일기의 첫 구절을 버리지 못한다. 일기장을 손에 꽉 쥐고 있다. 곤죽이 되어 빠져나가는 종이들. 아무리 꽉 쥐어도 무늬만 남겨진다. 그 이후 소년은 말을 잃었다. [……] 너무나 많은 이름이 서로를 부르고 있다. 받아 적을 때마다 물에 흐려지니 이제는 무늬조차 남지 않는구나. 소년의 잉크는 투명하게 흘러간다. 쓸 수가 없어. 자꾸만 무엇인가가 빠져나가네. 침묵 속에서는 흐르는 소리만 들린다. [……] 소년이 탄 배는 영원히 폐허를 헤치고 나아가지. 뼈를 잃고 소년은 구름처럼 부풀어 일기를 쓴다. 완성할 수 있을까? 자신에 대해 쓰는 것은 정말 비참하구나. 이 폐허는 물로 가득 차 있으니. 물속을 들여다보면 아무것도 없다.

─「소년의 기후」 부분

"침묵이 자라는 것을 자연스럽게" 여길 수밖에 없는 것은 바로 "여기가 폐허이기 때문"이다. "구름처럼 머리가 부푸는 현장"으로 비교적 명확하게 정의된 소년은 "밤마다 언덕에 올라가 하늘에 가까워지는 법을 생각"하고, "이 폐허에서"로 시작되는 일기를 적는다. 시는 소년의 상태와 소년의 생각을 묘사하면서 일련의 이야기를 전개해나가는 듯하지만, 이야기는 곳곳에서 겹화자에 둘러싸여 매끄럽게 전진하지 못한다. 시의 화자가 하나이면서도 여럿인 목소리를 다면으로 구사하기 때문이다. 중요한 것은 "아무리 생각해도 슬퍼지는 일들밖에 떠오르질 않네"나 "받아 적을 때마다 물에 흐려지니 이제는 무늬조차 남지 않는구나", 혹은 "자신에 대해 쓰는 것은 정말 비참하구나"처럼, 소년과 화자의 경계가 일순간에 무너지는, 다소 낯선 대목들을 우리가 만난다는 데 있다. 생각을 하고 일기를 쓰는 주체인 소년에게서 흘러나온 소리인 동시에, 방백처럼 삽입한 나의 입말-속말이기도 한 이 구절들을 통해, 이야기는 화법이 혼재된 상태에서 특수한 전개를 결부시키고, 결과적으로 두 개의 입술이 서로 포개지고, 두 개의 목소리가 쉴 새 없이 교차하는 양상 속에서, 소년-나, 이 둘이 빚어내어 "곤죽이 되어 빠져나가는 종이들" 위에서 어지러이 펼쳐질 뿐이다. 시인은 바로 이와 같은 독특한 방식으로 "일기장을 손에 꽉 쥐고 있다"와 같은 주관성으로 가득 찬, 다시 말해, '소년-나'-'나-소년'의 공동체의 문장을 획득해낸다. 우리는 이와 같은 특이하고도 문제적인 지점을, 말하지 않으면서 말하는 방식, 타자-나의 발화라고 부를 수도 있겠다. 다시 말해, 비극-죽음을 보고하거나 묘사하면서 함부로 재현의 영역에 안착시켜 카타르시스의 대상으로 삼는 것이 아니라, 시인은 오로지 "입을 벌리지 않고 말을 할 수 있"(「빈 노트」)는 너-나의 '복화술사'가 되어서, 비극과 죽음의 저 기록할 수 없음, 표현할 수 없음을, 끝내 기록의 문턱까지 끌고 오는 것이다.

기억나지? 이름이란 기억해야 이름인데. 머리가 부서

진 인형의 눈썹이 조금씩 떨린다. 젠장. 반밖에 안 남은 머리통으로 뭘 기억하라는 거지. 상자 밖으로 뻗어 나간 철사 끈을 누군가가 밟고 지나간다. 왼쪽으로 굽은 인형의 팔이 너덜너덜하다. 내가 한 팔로 너를 안을 수 있다면. 조금씩 부서지면서 옆으로 갈 수 있다면. 소녀들이 골목에 모여 입술을 움직이지 않고 말을 한다. 울음을 참듯이 배에 힘을 주면 가능하지. 누군가가 기록하지 않으면 알 수 없는 조용한 대화라니. 소녀들은 자라기를 멈출 때마다 이곳에 와서 인형처럼 말을 한다. 서로의 머리통을 만져주고 부러진 팔에 흰 붕대를 감아준다. 그런데 네 이름이 뭐였지. 소녀들이 상자 안을 들여다보고 있다. 산산조각이 난 구체 관절을 붙여본다. 자꾸만 떨어지는구나. 애초부터 우리는 자신을 입양해야만 했어. 태어나면서부터 그럴 기회가 없었지. 거울이 깨진 진열장 앞에서 소녀들은 말이 고인 깊숙한 내부를 들여다본다. 서로를 바라보며 말없이 대화를 한다.

—「빈 노트」부분

이처럼 시인은 '비'목적적–'비'묘사적–'비'재현적–'비'보고적인 발화를 통해, "누군가가 기록하지 않으면 알 수 없는 조용한 대화"의 침묵을 마침내 깬다. "버려진 상자 안에서" 펼쳐지는 "심각한 복화술"처럼, 시인은 "거울이 깨진 진열장 앞에" 서서, "말이 고인 깊숙한 내부를 들여다"보고, "서로를 바라보며 말없이 대화를" 시도하면서, 이 내부의 대화, 저 말 없는 발화와 고통의 심상들, 그러니까 표현할 수 없으며 함부로 재현해도 안 될 사연과 상처와 절망을, 백지 위에 긁고 세기듯, 필사를 한다. 필사의 문장은 마치 깨진 거울에 얼굴을 비추자 그 거울의 금이 내 얼굴에 상처로 포개어 비쳐지고, 말끔한 거울에 다시 이 얼굴을 비추자, 얼굴의 상처가 거기에도 비쳐 보이는 것과도 같다고 할까. "거울을 깨고 떨어지"는 "너"(「광화문 산책」), "죽음을 시작할 수가 없"(「슬픔을 시작할 수가 없다」)는 "너"는 이 필사를 통해 '나'가 되며, 시인은, 제가 비추어 본 거울에 새긴 이 폐허와 죽음의 무늬를 "거울 바깥으로 얼굴을" 가지고 나오는 자신을 향해 다시 비추어 보면서 "지금은 바깥보다 안이 더 죽은 시간"(「광화문 산책」)이라고 말한다. 이와 같은 필사는 "어렵고 긴 마음"을 가지고 "얼음 속에서 죽지 않는 소년"을 만들려는, "매번 실패하는" "유리의 마음"(「유리 공장」)을 기록하는 일로도 나타나며, 이는 말하면서 하지 않는 발화, 서술이 아니라 새기는 필사에 가까운 복화술의 시연이라고 할 수 있다. 시인은 이렇게 복화술로 '너-나-우리'의 접점을 모색하면서 "만져지지 않는 시간을 통과하는 형벌"과 "춥고 피로한 슬픔의 형태"(「단어들」)를 기록의 반열에 올려놓는다. "누가 산 것인지 죽은 것인지"(「광화문 산책」) 알수 없는 이 세계에서, 버려진 채 너덜너덜하고, 폐허 위

130

에서 녹아 흐물흐물하며, 아예 "태어나면서부터 그럴 기회"(「빈 노트」)조차 갖지 못한 존재들은, 죽음을 알지도, 또한 제 죽음을 알리지도 못하며, 주검의 형체를 파악할 수도 없어 결국 죽지 못할 뿐만 아니라, 그 어떤 행위를 이어가지도, 또 멈추지도 못하며, 그럴 가능성이나 희망조차 완전히 상실한 채 존재한다. 너-나의 복화술은 모든 행위의 주어를 겹으로 나누어 갖는 언술을 시집 전반에 퍼뜨려 새긴다.

우리, 너와 나의 파불라

Quid rides? Mutato nomine, de te fabula narratur(왜 웃는가? 이름만 바꾸면 바로 당신의 이야기인 것을).

— 호라티우스

시에서 이야기는 '우화'의 형식을 빌려오기도 하지만, 꿈이나 꿈속의 꿈 이야기, 꿈을 바라보는 외부의 이야기, 너와 나의 복화술로 구성된 교차 서술식 이야기, 환상과 상상이 현실로 치고 들어오는 이야기 등으로 나타나며, 파불라fabula, 즉 "내레이션의 근본적인 도식으로, 행위의 논리, 등장인물의 통사, 시간의 흐름에 따라 전개되는 사건들"*을 구성한다. 파불라는 수많은 작품에서 모형이 되는 이야기, 중심을 이루는 이야기인 동시에, 수많은 작품에서 변주되는 핵이자 기저라고 하겠다. 이영주의 시집에서 '파불라'는 각각의 시편들이 교호하고 중첩되면서 발생시킨 최후의 이야기, 그러니까, 어떻게 보자면 원(原, archi)-이야기이다.

내가 아는 밑바닥이 있다. 물이 가득하지. 나는 한 번씩 떨어진다. 물에 젖어 못 쓰게 되는 노트. 집에는 빈 노트가 너무 많다. 버릴 수가 없네. 밑바닥이 들어 있다. 자꾸만 가라앉지. 어디도 내 집은 아니지만. 첨벙거리며 잔다. 베개가 둥둥 떠내려간다. 괜찮아. 어차피 바닥이라 다시 돌아와. 그가 이마를 쓰다듬어준다. 그는 손이 없고 나는 머리가 없지만 침대는 둘이 누우면 꽉 찬다. 투명해질수록 무거워지는 침대. 빈 노트. 빽빽하게 무엇이든 쓰자. 아무에게도 보여주지 않는다. 무너지는 창문 밑에서 나는 썼다. 늘 물에 젖었다. 알아볼 수 없어서 너무 행복하구나, 혼자 중얼거렸다. 한 번씩 떨어져서 내부로 들어가본다. 여럿이 함께 잠들면 더 고요하고 적막해서 무서웠지. 그 사이로 물결 소리가 난다. 죽은 그가 아직도 책상에 엎드려 있다. 너는 모든 것을 쓰기로 했어. 나에게 보낸 편지처럼. 모

* Eco Umberto, *Lector in fabula. Le rôle du lecteur* (traduit. fr. par Bouzaher Myriem), Grasset, 1985, p. 130.

든 것을 낱낱이 쓰기로 했지. 하지만 아무리 써도 채워지지 않는 물속. 아무리 쌓아도 그것은 언제나 사라진다. 한심한 놈. 죽은 그가 중얼거리며 나를 본다. 물이 뚝뚝 떨어진다. 떠날 수가 없구나. 나는 너의 신발을 썼다. 무거워서 다시 신을 수가 없는데, 나는 자꾸만 신발장에서 쓴다. 한 번씩 들어오는 내부라니. 비밀은 제대로 씌어지는 법이 없지. 쓸 수 없어서 조금씩 마모되는 것. 죽은 그가 나를 통과해 걸어간다. 부식되어가는 발로 걸어간다. 아무것도 쓰지 못해서 너는 이곳에 도달할 수가 없어. 진창에서 잠만 자는 너는. 그의 목소리가 멀어진다. 나는 그의 신발을 신고 있다. 둥둥 떠내려간다. 밑바닥에는 모든 것이 돌아올 텐데.

——「여름에는」 전문

과거의 어느 시점에서 착수되어 현재로 물밀듯이 밀려오는가 하면, 기억을 붙잡고 시제를 가로지르며 불현듯 토해내고, 어딘가 갇혀 있거나, 물 위를 둥둥 떠다니다 숫제 타오르는 이야기가 시집에 가득하다. 시는, 슬픔도, 분노도, 욕망도, 당연히 희망도, 타자도, 타자의 들끓는 아우성의 기록 가능성을 모두 무효화시킨다. 시집은 서로 꼬리를 물고 연달아 이어지는 이야기의 행렬처럼 구성되며, 연차적으로, 시의 편편이 고유한 이야기를 갖는 동시에, 서로가 서로에게 끊임없이 대화를 하고 간섭을 하면서, 고유한 '파불라'를 형성하고 또 해체하는 과정에서, 우리를 낯섦의 문턱으로 데려간다. 시는 각기 다른 시간의 흔적들로 지금-여기를 찌르는 능동적인 사유와 날 선 감각을 선보이면서, 개인적이고도 내밀한 기억으로 저장되고 솟구쳐, 우리에게, 너에게, 나에게, 꿰뚫고 들어오며, 세상의 모든 '삼인칭'을 지워내는 일에 몰두한다. 접속사를 생략하고 이어지는 단문들은 쉴 새 없이 달음질치는 리듬을 만들어낸다. 문어와 구어, 사적 방백-고백-독백과 묘사나 서술이 서로 번갈아 배치되어 시에 색깔을 입힌다. 행위를 부추기는 진술은 어김없이 시 구석구석에서 낯선 감정을 새겨 넣으면서 일종의 '추임'의 형식을 취하지만, 그것을 기술하는 시점은 벌써 '나-너-그'가 번갈아 활용되는 곳에서 변주된다. 이렇게 문장 하나하나에 기이하고도 고유한 하중이 실린다. '나-너-그'는 여기서 제 경계를 취하고, 가장 주관적인 상태에서, '씀'-'쓰다'-'기록'의 불가능한 가능성을 쏘아 올린다. 이영주는 이와 같은 방식으로 밑바닥에 내려가 타자의 목소리를 듣고, 그 목소리를 자기 자신의 것으로 전환해내며, 그렇게 기록되지 않는 것, 저 밑바닥물에 젖은 무언의 말들을 발화하고, 할 수 없음과 쓸 수 없음을, 너-나-그의 목소리로 필사하듯 새기는 데 성공한다. 이영주의 시에서 너-나의 목소리는 "고독의 얼음 속에서 인간"이 "가장 엄격하게 자신에 대해 물음을 던지게 되었"다는 사실과 여기서 야기된 "질문이 잔인하게 인간의 가장 깊은 내면의 비밀을 불러 일깨우고 게임으로 이끌어냈을 때" 바로 그 순간, 인간 자신이 하게 되는 "경험"*의 목소리이다.

시는 이렇게 불행과 비극의 상실을 바라보는 외부의 소실점을 오로지 나를 통과하여 당도할 내부의 사건으로 전환해내면서, 마침내 타자의 입술에 내 차가운 슬픔을 달아놓고, 혼자만의 중얼거림을 너의 중얼거림으로 치환하는 어려운 일을 수행한다. 받아 적을 수 없는 노트를 열어 그 위에 물로 글을 쓰고, "무정형으로 떠다니는 순간들"(「없는 책」)을 필사하면서, 타자와 너와 자기와 시적 주체를 서로를 덧대어 그로테스크한 감정을 물처럼 사방에 퍼뜨린다. 이렇게 시인은 "내가 아는 밑바닥", "물이 가득"한 저 밑바닥으로 향하는 추락을 경험하고, 거기에 가닿은 다음, 개인의 경험을 나―너의 공동체적 경험으로 환원해내면서, 보이지 않는 투명한 손으로, 물에 젖어 어느 글씨 하나 제대로 새길 수 없는 목소리를 노트 위에 적어나간다. 시집은 바로 이 젖은 노트와도 같으며, 이 노트는 개인적이면서 공동체적이다.

찢기고 바스러진 이것을 어떤 자리에서 다 완성할 수

---

* 마르틴 부버, 『인간의 문제』, 윤석빈 옮김, 길, 2007, p. 78.

있을까요. 물에 젖은 어머니의 발자국이 천천히 지워지고 있습니다. 슬레이트 조각이 떨어지는 소리. 이 다정한 악몽의 시간에 잠깐 쉬었다 갈게. 죽은 사람의 날개가 모조리 힘없이 부서집니다. 어머니의 등에서 흰빛이 흘러나오고 있습니다. 나는 그제야 컹컹 웃기 시작합니다. 목이 아프도록. 장대비 쏟아지는 소리.

—「여름의 애도」부분

외할머니, 우리가 이 길을 닦아놓았어요. 당신의 이름이 깊어지도록 천천히 조문을 썼습니다. 현실에 조난당한 우리가 썼습니다. 추운 벼랑 앞에서 썼습니다. 유리병에 담겨 어딘가로 흘러가는 신화는 이곳에 와서 다 부서졌다. 한평생 지옥 속에서 큰 솥에 죽이나 쑤고 있는 기분이야. 죽은 외할머니는 다시 울먹거렸다.

—「무한」부분

이렇게 물이 많은 책을 찾으면 만날 수 있을까. 조금 더 특별하게 멀어질 수 있을까. 나는 불이 붙지 않는 의자에 앉아서 다시 숨을 골랐다. 의자가 도형의 형태를 바꾸며 현실로 떠내려갔다.

—「없는 책」부분

나는 어디로 간 것입니까

왜 돌아오질 않죠

　　　　　　　　　　—「녹은 이후」 부분

　이영주의 시에서는, 할 수 없음, 쓸 수 없음, 표현할 수
없음의 불가능성이, 이야기의 생성 속에서, 생성된 이야
기 속에서, 소멸과 부정을 한껏 발화하면서, 너-나의 불
가능한 연대를 모색할 지점들을 찾아간다. 돌아오지 않
는 아이에게 어머니가 내어줄 아침은 없을 것이다. 나는
죽었으나("나는 이미 죽었지만"), 엄마는 그 시간, 죽음의
시간을 넘어선 곳에서 오늘도 식사를 준비한다("죽은 시
간을 넘어가 혼자서 죽을 쑨다"). 음절의 삼투로 죽을 쑤는
행위는 죽음의 시간을 현재에서도 살고 있는 비유로 살
아나는 동시에 쓸 수 없음과 고스란히 연결되며("아무것
도 쓸 수 없어"), 주관성 가득한 공동체적 의미의 결을 빚
어낸다. "어떻게 죽을 먹어야 하는지"에 이르러, 우리는
죽은 나-죽을 쑤는 엄마-글을 쓰는 나, 이렇게 각각이
었던 존재들이 서로 삼투하여 흘려내는 공동체적 목소
리의 주체가 되기 위해, 서로가 서로에게 투사한다는 사
실을 알게 된다. 시인은 이렇게 죽은 아이의 입으로 엄
마를 부른다. 그리고 바로 이렇게 시인은 투명해지는 손
으로 "엄마"라는 말을 새기며, "점점 뭉툭해지는 이물
감"(이상 「아침」)에 대항하여, 너의 죽음을 체현하고 기
록하면서, "가족이었던 누군가가 폐허로 돌아오는 모

습"(「열대야」)을 결국에는 내 이야기-타자의 이야기의 교집합과도 같은 공동체의 '파불라'로 바꾸어놓는다. 시인은 "불이 붙지 않는 의자에 앉아서 다시 숨을"(「없는 책」) 고르면서 시를 쓰고, 시인과 함께 "우리"는 "당신의 이름이 깊어지도록 천천히 조문을"(「무한」) 쓴다. 시는 이중으로 뱉어내는 이 복화술의 문법을 통해 너-나의 이야기를 만들어나가고, 공동체의 파불라를 구축해나간다. 끝없이 얼어붙은 벌판에서 맑은 하늘을 활활 태우며 서 있는 불기둥과 같은 문장들로 이영주는 타자라는 그림자를 붙잡고, 타자의 무게를 재는 순간들로 너-나의 파불라를 우리에게 선보인다. 개인적인 동시에 공동체의 무늬로 자아의 지형도를 그려나가며 시인은 "없는 발을 버리고 길고 어두운 골목길이 끝도 없이 펼쳐진 현실 바깥으로 걸어"(「없는 책」)가며, "읽을 수 없는 문장처럼 생긴 것들"로 가득한 독서회에서 "불길 한가운데 가장 깊은 어둠 속에 담겨 있는 투명한 얼음"을 꺼내며, "얼음으로 불길을 퍼뜨리고 쓰다 만 문장들"(「독서회」)을 삶에서 줍고 그 문장들로 비극을 기록하는, 할 수 없는 일을 실현한다. "없는 발이 푹푹 빠지는 기묘한 현상을 느끼며" 시인은 기필코 "젖은 꿈"을 쓰기 위해, "아무것도 씌어지지 않은 젖은 문장들을 말리고"(「게스트 하우스」) "스스로 자라는 진공관처럼 수치가 높아지는"(「축구 동호회」) 말들을 그러모아서, 그 위에 물속에 있는 "뼈"(「소

년의 기후」), "단단한 뼈"(「육식을 하면」), "어깨뼈"(「유광
자원」)와 같은 원原-이야기, "처음부터 어둠이 가득 차 있
는 이 신화"(「목수 일기」), 즉 파불라를 기록한다.

어둠이 쏟아지는 의자에 앉아 있다. 흙 속에 발을 넣었
다. 따뜻한 이삭. 이삭이라는 이름의 친구가 있다. 나는 망
가진 마음들을 조립하느라 자라지 못하고 밑으로만 떨어
지는 밀알. 옆에 앉아 있다. 어둠을 나누고 있다.
　　　　　　　　　　　　　　　　　　　—「연대」전문

이 고통과 슬픔으로 가득한 시집은 "어둠을 나누고
있"는 이야기로 끝을 장식한다. 온통 할 수 없음에 대한
시, 온통 취소되는 것에 대한 시, 온통 물과 불로 뒤덮인
시, 비극과 죽음과 슬픔으로 가득한, 할 수 없음의 불능
의 세계에서 연대는 무엇인가? 시는 바로 이 물음을 꺼
내든다. '우리'의 목소리를 돋우면서 불가능의 가능성
을 필사하며 힘겹게 내려놓았던 너-나의 물음들을 마지
막에 다시 꺼낸다. 삶 이후의 삶, 죽음 이후의 삶은 어떻
게 가능한 것인가? 죽음은 항상 우리와 같이 살아간다.
지치고 늙어가는 사람들, 죽임을 당한 존재들, 기억에서
밀려나버린 삶들, 망각에 묻힌 존재들, 맥없이 사라지거
나 여기저기 버려져 신음하는 존재들, 활기를 잃고 쓰러
져가는 모든 것들, 아직 수면 위로 오르지 못한 죽음들,

죽음의 외투를 입은 서로 다른 존재들이 도처에서 떠돌아다닌다. 다리를 잃고 허공에 허방을 내거나, 둥둥 떠다니거나, 주르륵 흘러가버리거나 활활 타오를 뿐, 시인은 원-시간, 원-체험, 태초의 기억을 무찌르며 호모 사케르의 비극적 운명이 쏟아내는 슬픔과 사랑을, 재현되지 않을 인사말로 작렬하게 기록한다. 이 무효의 언어는 거울에 비친 자기 얼굴을 투영하는 대신, 깨진 거울에 얼굴을 비추고, 깨진 거울의 금을 이후 자기 얼굴의 상처로 간직하는 언어다. 겹서술, 복합화자, 구어와 문어의 혼합, 시제의 혼용 등으로 빚어낸 이야기에 이상한 시적 골격을 입히고 "마음의 형식"(「교회에서」)을, 기록되지 않는 것을 기록한다. 낯섦에 바쳐진 어휘들로 알리바이를 제공하는 사건들은 모두 원체험의 복원, 원시간, 태초의 기억과 경험을 복원하려 매만지는 "어둠을 나누"는 시간이다. 체험이 뒤섞이고, 공간이 통합되고, 시간이 휘거나 굽고, 너와 내가, 우리가 구심점을 상실하고 단위를 잃고서, 다시 접점을 찾아 나선다. 그것은 "사람이 사람에게 건너가는 일"이며, 그러나 "집을 다 부숴야만 가능하다"(「양조장」)는 사실을 힘겹게 부여잡고 "사라진 너의 다리가 내 다리에 와 닿고 너의 손이 내 손 위에 포개어지"(「아침 식탁」)는 삶에 바쳐진, 끝내 완성되지 못할 파불라이며, 완성되지 못함 자체에 대한 필사적인 기록이다. 이 시집의 이야기들은 이렇게 '이름만 바꾸면 바로 당신의 이야기', 그러니까, 이름만 바꾸면 나-너가 모두 주인인 이야기이며, 입을 다물 수 없는 경악과 충격 이후, 세계가 상처의 모습을 하고, 지고, 피고, 떠다니고, 열리고, 스며들고, 출렁거리고 있는 지금-여기의 이야기들이다. ▨